Peter Seeberg
Das Schiff der Fremden

Dieser Band ist auf 100 % Recyclingpapier gedruckt.
Bei der Herstellung des Papiers wird keine Chlorbleiche verwendet.

Der Autor:

Peter Seeberg wurde 1925 in Skrydstrup/Dänemark geboren. Er studierte Literaturwissenschaft, nahm an mehreren archäologischen Ausgrabungen teil und war lange Jahre Museumsdirektor in Viborg.
Neben Romanen, Erzählungen und Essays hat Seeberg auch Theaterstücke und Filmdrehbücher geschrieben.
›Das Schiff der Fremden‹ ist der zweite, in sich geschlossene Band einer Trilogie.
Weitere Titel von Peter Seeberg bei dtv junior: Siehe S. 4

Peter Seeberg

Das Schiff der Fremden

Aus dem Dänischen von Lothar Schneider
Mit einer Karte und einer Illustration von Reinhard Michl

Deutscher
Taschenbuch
Verlag

dtv

Titel der dänischen Originalausgabe: ›Den sovende dreng‹, erschienen bei Gyldendal, Kopenhagen

Von Peter Seeberg ist außerdem bei dtv junior lieferbar:
Der Junge ohne Namen, Band 70291

Ungekürzte Ausgabe
Dezember 1993
Deutscher Taschenbuch Verlag GmbH & Co. KG, München

ISBN 3-312-00737-2
Umschlaggestaltung: Klaus Meyer
Umschlagbild: Werner Blaebst
Gesetzt aus der Aldus 10/12˙
Gesamtherstellung: Kösel, Kempten
Papier: ›Recycling Book-Paper‹
Steinbeis Temming Papier GmbH, Glückstadt
Printed in Germany · ISBN 3-423-70305-9

1

Noch bevor er den Bach der Biber erreicht hatte, war er umgekehrt. Die Trauer bohrte in ihm, er mußte zurück: Die Trauer war nicht fertig mit ihm, er mußte heim, wo kein Daheim mehr war.

Der Zaunkönig begrüßte ihn mit einem wilden Tschip, Tschip, Tschip, als sich der Junge der Hütte beim See näherte. Der Vogel flog um ihn herum, blieb schwirrend in der Luft stehen, sah ihn an, sah, ganz aufgeregt, daß sich der Junge weder Kraft noch Mut zusprechen ließ. Aber schließlich setzte sich der Vogel auf einen Zweig und beruhigte sich und blieb dort abwartend hocken. Sein Schatten schwankte in dem hohen Gras unter dem Baum. Der Junge kauerte sich nieder und betrachtete seinen Freund, er hätte ihn gerne um Rat gefragt, aber noch ein Rat war ihm zuviel.

Plötzlich erhob sich der Vogel und flog davon, schwirrte hinaus über den See. Der Junge folgte ihm mit den Augen, bis der Vogel so klein wie eine Mücke war, und er dachte nur:

›Kleine Maus, liebe kleine Maus, du mußt zurückkommen zu mir. Wenn du zurückkommst, werde ich sicher bereit sein zum Aufbruch.‹ Er mußte jetzt vor allem schlafen, am besten mehrere Mondwechsel lang.

Eine Ecke der Hütte war nicht abgebrannt und noch nicht eingestürzt. Da konnte er einen Pfosten herausziehen, sich hineinzwängen und sich ein Lager aus Gras und

Moos bereiten. An dieser Ecke hatte nie etwas gestanden, nie etwas gehangen, war nie etwas gewesen. Da konnte er bleiben. Das Gras stand hoch am Ufersaum, es wogte im Wind und glänzte in der Sonne. Noch war es warm, aber in der Wärme lag schon die Kälte verborgen und wartete. Der erste Frost würde mit dem nächsten Mond kommen. Er mußte viel Gras sammeln. Er riß es aus der Erde und schüttelte den Sand ab. In den weichen Büscheln wimmelte es von kleinen Tierchen, er würde nicht allein schlafen. Er brachte einen Armvoll Gras zur Hüttenecke und legte es auf den Boden, brach einen Pfosten aus der Wand, zog ihn heraus und versuchte, sich hineinzuzwängen, aber er war nicht schmal genug, er mußte noch einen Pfosten herausziehen, dann schaffte er es. Er stieg hinein ins Dunkel, es roch verbrannt.

Er sah, daß das Dach auf den Aschehaufen und die halbverkohlten Pfosten gefallen war, aber nur eine kleine Öffnung war entstanden, wo der Schnee hineintreiben würde, und das war nicht zu ändern.

Er holte das Gras herein und breitete es auf dem Boden aus, mit den Wurzeln nach oben und den Spitzen nach unten, wo der Kopf liegen sollte, damit er nicht niesen mußte. Die Mutter hatte das hohe, wogende Gras als Niesgras bezeichnet.

Dann ging er zur Böschung am Bach, wo es trockenes Moos und Flechten gab. Er löste sie mit der flachen Hand vom Untergrund, sammelte einen Haufen und trug alles zu seinem Lagerplatz. Er legt Moos und Flechten an die Wand und über den Aschehaufen, dichtete damit die Ritzen ab und machte sich ein Polster für den Kopf. Ihm fehlte ein Fell zum Zudecken, wenn es wirklich kalt wurde. So lange konnte er schlafen, bis er vor Kälte klapperte, dann mußte er aufstehen und herumgehen, um sich warm zu halten, bis es Morgen wurde und die Sonne kam.

Er kroch ins Freie und lief hinunter zum See, wo das halb verkohlte Boot aus dem Wasser ragte. Graugänse schwammen in der seichten Bucht, fischten geruhsam nach kleinen Schnecken am Grund und watschelten am Ufer entlang, um überreife Preiselbeeren zu schnabulieren.

Überall sah man die wachsamen, klugen Köpfe der Gänse. Kein Vogel konnte so gut Geschichten erzählen wie die Gans. Und in der Ferne über dem See sah man lange Keile von Vogelschwärmen, die vor dem Winter davonflogen, niemand wußte wohin, hatte der Vater einmal gesagt.

Er näherte sich den Beeren schlemmenden Gänsen, ihr Kot war von den Schalen der schwarzen Krähenbeeren und der roten Preiselbeeren gesprenkelt. Überall leuchteten die Beeren, er erinnerte sich an eine Mulde, nicht weit vom Waldrand, die seine Mutter Sonnenbauch genannt hatte, weil es dort so warm und feucht war, und gerade zu dieser Jahreszeit, kurz vor dem Winter, strotzte sie vor Moosbeeren, die die Mutter sammelte und in einem Rindengefäß hatte gären lassen. Diesen Saft tranken der Vater und sie am Abend, es sei ein Bauerngetränk, sagte der Vater, wurde aber recht fröhlich davon.

Die Mulde war voller eiförmiger und runder Moosbeeren, die nichts anderes im Sinn hatten, als groß und rot und saftig zu werden. Obwohl ihm die Trauer die Kehle zuschnürte, mußte er die Hand öffnen und sich mit ausgestreckten Fingern eine Handvoll abstreifen, so wie es ihm die Mutter beigebracht hatte.

Er aß einige Hände voll, mehr als er Finger an einer Hand hatte, aber dazwischen besann er sich und rülpste, und er mußte zugeben, daß es gut war. Wenn auch nicht so gut, wie wenn Schwester und Mutter zusammen in der

Mulde plauderten und er zusammen mit dem Vater im Boot vor dem Wind trieb und nach großen Zandern angelte, die unten am Grund standen. Zander ist einer der besten Fische, roh oder gebraten. Das, was sich am Grund aufhielt, war am besten. So war es mit allem.

Er sammelte ein großes Häufchen Beeren, nahm es in beide Hände und ging damit vorsichtig, um nichts zu verlieren, zur Hütte zurück. Er legte die Beeren vor die Tür, und um das Häufchen herum legte er kleine Steine. Falls nun jemand vorbeikommen sollte, ob es nun ein irdisches, ein überirdisches oder ein unterirdisches Wesen war, ob Mensch oder Tier, jeder konnte sehen, daß jemand in der Hütte wohnte, und er konnte sich davon nehmen und würde weder gegen ihn noch gegen andere böse Gedanken und schlimme Absichten hegen.

Ihm fiel ein stärkeres Mittel als Moosbeeren ein. Er dachte an Haselnüsse. Die waren dieses Jahr erst spät reif geworden. Sie waren sicher heruntergefallen und lagen unter den Büschen im Laub. Es gab viele, das hatte er festgestellt, und die Eichhörnchen konnten sie noch nicht alle gegessen haben. Auch wenn ihnen dabei einige Waldmäuse geholfen hatten, mußten an dem Platz, den er kannte, reichlich Nüsse sein. Dort hatte er sich jedesmal übergessen, wenn er mit der Mutter für den Winter viele Körbe voll gesammelt hatte.

Viele Körbe für viele Abende, an denen die Mutter für die Schwester und ihn Nüsse knackte und der Vater für sich selbst. Bei Haselnüssen ist es unmöglich, aufzuhören: Die Nuß, die eigentlich die letzte sein sollte, rief sofort nach der nächsten. Das wärmte den Bauch, so daß man in der Nacht schwitzte.

Er ging zum Waldrand, wo sich die Haselnußsträucher bis in den lichten Wald ausbreiteten, und da lagen sie, eine richtige Schicht Nüsse zwischen Zweigen und Blättern, braun und an der Spitze noch ein bißchen grün, einige von Eichhörnchen und Mäusen geknackt, aber die meisten noch heil. Vielleicht waren die Nüsse den Eichhörnchen noch nicht süß genug; zur Zeit fraßen sie nur das Beste und sammelten Vorrat, aber sie holten nicht alles von einer Stelle. Sie suchten aus, waren wählerisch.

Er stopfte sich ein paar Hände voll unter das Lederwams und knackte sie auf dem Rückweg. Sie waren süß und groß, er würde den ganzen Winter Nüsse unter dem Schnee finden.

Er legte die Nüsse in einem Häufchen neben die Moosbeeren, und er legte kleine Steine außen herum. Jetzt bestand kein Zweifel mehr, daß sich hier in der Nähe ein Mensch aufhielt, ein Mensch, der sich nicht versteckte; wenn sie genau hinhörten, konnten sie den Menschen im Schlaf schnarchen hören, auch am Tag, außer, wenn der Mensch hervorkam und sich zu erkennen gab, obwohl er seinen Namen nicht sagen konnte.

Sollten die Bauern noch einmal kommen – was sie vermutlich nicht taten, weshalb auch – dann müßte er in den Wald fliehen. Aber er würde sie von weitem hören. Sie liefen trampelnd über die Erde und glaubten, niemand würde das merken. Er lag mit seinem Ohr dicht am Boden, und die Erde würde ihm erzählen, wenn *sie* kämen. Auch wenn er tief im Schlaf lag, um den Träumen zu begegnen, würde die Erde in sein Ohr sagen, wenn sich die feindseligen Bauern in böser Absicht näherten. Die anderen Menschen würde er vielleicht nicht hören. Ihr Gang war vorsichtig, sie waren vielleicht freundlich gesinnt, wurden aber zornig, wenn sie feststellten, daß an der Tür keine Gaben für sie bereitstanden. Das durfte nicht geschehen. Deshalb hatte er sich so vorbereitet, wie es ihm sein Vater und seine Mutter geraten hätten. Fremde sollten jederzeit willkommen sein und mit den besten Vorräten bewirtet werden.

Nun hatte er alles geordnet, und er kroch durch die Öffnung hinein; zuerst saß er da und wartete auf den Schlaf, dann legte er sich hin, um zu schlafen und zu sehen, ob die Trauer für immer bei ihm bleiben würde.

2

Bevor ihn der Schlaf in die Arme nahm, dachte er an die Mutter, den Vater und die Schwester, ein wenig von ihrer Kraft steckte noch in dem Aschehaufen, aber meistens waren sie im Gildenhaus der Baummarder, wo sie sicher satt und fröhlich lebten. Vielleicht konnte er im Traum dorthin gelangen, bei ihnen sein und einen guten Rat bekommen.

Er dachte auch an das Bauernmädchen, das er eines Tages rauben wollte, und der Gedanke, daß er zu spät kommen könnte, beunruhigte ihn. Daß ein anderer sie raubte, bevor er einen Namen hatte und einen Ort, wohin er sie bringen konnte.

Dazu würde es vielleicht gar nie kommen.

Er merkte, wie ihn die Verzweiflung packte, und er drehte sich zur Wand. Durch die Dachöffnung schien das Dämmerlicht auf ihn herab, und bald würden die Sterne aufgehen.

Er schlummerte ein und träumte zuerst nichts, aber dann kam der alte Baummarder durch seinen Gang zu ihm, schaute ihn an, sagte, daß er ihm nichts zu sagen habe und verschwand. Sein buschiger Schwanz schleifte über den Boden des Ganges, der Marder hustete und lachte über ihn und sich selber. Er war es gewesen, der am Anfang der Welt aus einem hohlen Baum gekrochen war und alle Dinge der Welt gesehen und ihnen Namen gegeben hatte, damit sie Bestand hätten, auch wenn er nicht mehr wäre.

Der Junge verzweifelte im Traum, er schnappte nach Luft, und er erwachte bereits einen Tag später. Er kroch ins Freie und blinzelte unwillig in die Sonne, die auf der anderen Seite des Sees hoch über den Wäldern stand. Er hörte die Kraniche schreien, und er mußte sich nach ihnen umsehen, obwohl er gar nicht wollte. Dann kroch er wieder hinein zu seinem Schlafplatz und versuchte, richtig einzuschlafen, aber die Augen fielen ihm erst gegen Abend zu.

Er schlief, ohne zu träumen, obwohl er es wollte. Er schlief zwei volle Tage, es war Abend, als er wach wurde; er hörte den Wind in den Bäumen rauschen, hörte das Plätschern der Wellen am Ufer und das Gluckern des Baches. Im Wald bellte ein Fuchs, so daß es widerhallte, und auf einem Baum rief eine Eule. Er schlüpfte ins Freie, er sah alles in der Dunkelheit, und er ging zur Quelle, um zu trinken. Er sah seine Augen im Wasser, und darunter leuchtete der Sandgrund, von wo das Wasser in kleinen Wirbeln heraufströmte. Er schlüpfte wieder hinein zu seinem Lager, durch die Dachöffnung sah er einen blaßblauen Himmel leuchten und in der Mitte der Öffnung drei Sterne im Zeichen des Jägers. Da wußte er, daß er jederzeit mit dem Winter rechnen mußte.

Er war hungrig, aber nicht sehr. Vielleicht schickte ihn der Hunger tiefer hinein in die Träume.

Er schlief ein und träumte, daß alles so war wie damals,

bevor er die Mutter, den Vater und die Schwester verlassen hatte. Aus der Tür der Hütte drang Rauch, die Mutter saß am Feuer und kochte, er und der Vater kamen vom Fischen heim. Es war hungrig im Schlaf, und der Fisch, den die Mutter über der Glut briet, sättigte ihn nicht. Das sagte er der Mutter, und sie gab ihm mehr, aber auch das machte ihn nicht satt, und bald war kein Fisch mehr da.

»Du wirst langsam erwachsen, kleiner Mann«, sagte die Mutter, holte den Lederbeutel hervor, öffnete ihn und zeigte ihm lachend die drei Federn des Kranichs.

Er schaute den Vater an und wollte, daß er ihm einen Namen gab. Aber er durfte nicht danach fragen.

»Was bedrückt dich«, fragte die Schwester, »du siehst so traurig aus. Hast du auf deiner Wanderung etwas Schreckliches erlebt?«

Und später am Abend sagte der Vater:

»Ich finde keinen Namen für dich, wie sehr ich mich auch ablenke und an andere Dinge denke, er kommt nicht von selbst. Ich könnte dir einen verdrehten Namen geben, den ich selbst erfunden habe, aber den sollst du nicht tragen. Du mußt warten.«

Es war keine Freude, sich zurückzuträumen. Sogar im Traum war alles leer und sinnlos geworden.

Er erwachte nach vielen Tagen und Nächten. Es war Morgen, als er erwachte, und seine Glieder waren steif. Durch das Loch in der Wand sah er, daß draußen Reif auf den Grashalmen glitzerte. Sein Atem war sichtbar. Er hatte Hunger, einen Bärenhunger. Er mußte sich etwas zu essen beschaffen.

Er schlüpfte ins Freie, tief über dem See hing der Nebel, aber über dem Waldrand erschien bereits die Sonne. Er schüttelte sich, er gähnte, er rieb sich die Augen und ging zum Bach, der von der Quelle kam. In dem tiefen Kiesloch nicht weit vom Seeufer entdeckte er die schwarzen Rücken der Forellen, sie standen gleich unter der Waseroberfläche. Er schlich lautlos, mit dem Schatten hinter sich, wartete, und packte dann mit einem raschen Griff eine Forelle, drehte sie und biß ihr in den Nacken.

Er aß sie roh, sie schmeckte nach Quellwasser, sie hatte wohl nie etwas anderes gekannt als Quellwasser. Sie war gut zu ihm. Alle ihre Brüder und Schwestern würden gut zu ihm sein, sich fangen lassen und ihn im Winter ernähren, bis er ausgeschlafen hatte.

Er ging auch zur Mulde und versorgte sich mit Moosbeeren. Sie waren noch süßer als vorher. Der Frost hatte sie berührt. Der Frost machte alle Dinge süßer.

Er saß in der Sonne, er dachte an das Bauernmädchen, er dachte so verrückt, daß er ihre Stimme hörte. Er hörte sie lachend mit ihren Schwestern oder Freundinnen aus dem Wald laufen, und sie lief ihm entgegen, er brauchte sie nicht zu entführen. Dieser Gedanke ließ ihn nicht einschlafen, ließ ihn nicht ruhig liegen. Er wanderte den See entlang, aber bei der Gänsebucht hielt er inne und kehrte zurück, um die Gänse nicht unnötig aufzuschrecken, wenn er nichts von ihnen wollte. Er ging zur Quelle und trank Wasser, und er sah sein Gesicht und unter dem Gesicht den gewölbten Sandgrund der Quelle, und unter dem Sandgrund sah er ihr Gesicht, das ihn durch seines anlachte. Er verbarg sein Gesicht in den Händen, um sie nicht zu sehen.

Aber er hörte sie reden, und sie redete zu ihm. Sie sagte, er solle kommen, aber davon wollte er nichts wissen. Er mußte durch die Trauer hindurch.

Er schlummerte einige Tage, verdrossen über sich selbst, weil er richtig schlafen und sich ein Zeichen erträumen wollte, damit die Trauer deutlich wurde und sichtbar wie ein Vogel, mit dem er reden konnte.

Der Frost verschwand nicht mehr, das Eis auf dem See wuchs von den Ufern der Buchten zur Mitte hin; dann setzte der Wind ein. Das Krachen des zerbrechenden Eises hielt ihn nachts wach, er mußte aufstehen und sich bewegen. Er überlegte, ob er einen Fuchs oder Luchs jagen sollte, um ein Fell zum Wärmen zu haben. Tagsüber aß er viele Forellen, damit das Loch im Magen nicht zu groß wurde. Er legte auch eine Forelle in den einen Steinring vor der Hüttentür, und in den anderen legte er immer, wenn er für sich Moosbeeren holte, ein neues Häufchen. Und jedesmal, wenn er nachsah, waren die Ringe leer. Jemand kam vorbei, der seinen Gruß bemerkte und ihm nichts zuleide tat.

Das mußte einer von denen sein, die eines Morgens den Aalspeer des Vaters und seinen Eishammer an die Reste des Türpfostens gelehnt hatten. Beides stand da, als hätte es immer dagestanden. Vielleicht hatte der Vater selbst für eine Weile den Aschehaufen verlassen, in der Absicht, sein Bestes weiterzugeben.

Jetzt wurde der Junge froh und munter, er mußte ein paar Luftsprünge tun, er mußte ein Lied singen, das mit aj-aj-aja endete wie alle guten Lieder, und obwohl das Eis, das sich wiedergebildet hatte, dünn war, wagte er sich darauf. Er machte sich leicht, wie es ihm der Vater gezeigt hatte. Er ließ den Blick übers Eis schweifen, um eine Stelle zu finden, wo Luftblasen aufstiegen.

An einer Stelle atmete der Aal gerade aus, als er kam. Er klopfte ein Loch, hob den Speer ganz hoch und stieß ihn hinein. Er spürte deutlich, wie sich der Aal an dem Speer wand.

Er holte die Beute heraus, ein dicker, gelbgrüner Kerl, genug für eine ganze Familie. Er löste den Fisch von der Spitze, trug ihn an Land und schnitt den Nacken durch. Der Aal war ihm sehr freundlich gesinnt.

Er legte ihn in den kleinen Steinring, wanderte ziemlich weit den See entlang, und als es dunkel wurde und er sein Nachtlager aufsuchte, überprüfte er den Steinring nicht. Er schlief traumlos und voller Erwartungen.

Noch vor Sonnenaufgang erwachte er, frierend vor Kälte, aber er nahm sogleich den Rauchgeruch wahr, nicht aus dem Aschehaufen, sondern lebendigen Rauch, wie er gehofft hatte. Er schlüpfte ins Freie, und da fand er den Aal in dem Steinring, gebraten und nach Fett duftend, so, als hätte die Mutter ihn zubereitet.

Er tat einen Luftsprung vor Freude und sang ein Lied, noch ein Lied, das mit aj-aj-aja endete.

Jetzt sollte ihn die Trauer nicht mehr in Versuchung bringen.

Aber er wollte den Rest des Winters bleiben und fischen und jagen.

3

Kurz nach dem zweiten Mondwechsel seiner Wanderung kam lautlos der Winter.

Der Schnee reichte ihm bis über die Knöchel, es war trockener Schnee, der nicht schmolz und nicht durch die zerschlissenen Lederlappen drang, die er an den Füßen trug. Auf der bläulich-weißen Schneedecke zeichneten sich überall Spuren ab. Zwischen verschneiten Grasbüscheln saßen Hasen und beobachteten ihn. Sie konnten warten, bei Gelegenheit würde er sie schon überlisten.

Die Gänse waren fast alle aus der Bucht weggeflogen,

nur die fettesten waren zurückgeblieben, er bekam Lust auf Gans.

Er schlich sich hinter einen Weidenstrauch in der Nähe der Anlegestelle, wo das Quellwasser in den See mündete und wo noch einige Gänse im Eisloch tauchten und fischten. Er sprach zu ihnen und sang ihnen ein kleines Lied, dem sie nicht widerstehen konnten. Die Fetteste reckte sich aus dem Wasser und schlug mit den Flügeln. Er sang weiter, sie wandte sich in seine Richtung und versuchte vergeblich, ihn zu entdecken. Dann plusterte sie sich auf und schwamm ans Ufer, wo sie horchte und guckte. Jetzt sang er so leise er konnte, wie es ihm der Vater beigebracht hatte, er sah die Betörung in den Augen der Gans, die nun zwei Schritte auf einmal machte. Jetzt erblickte sie ihn, fürchtete sich aber nicht vor ihm. Sie watschelte näher, bis sie vor ihm stand und ihn verwundert anstarrte.

Er packte sie am Hals, und sie sagte nichts. Sie war zu verwundert.

Er konnte eine Gans nicht ohne Feuer essen, das hatte er gewußt, ehe er sie schlachtete. Er würde sich bei den Bauern verraten, wenn sie überhaupt auf den Gedanken kamen, den Himmel anzuschauen, denn riechen konnten sie den Rauch jedenfalls nicht.

Er trug dürre Zweige und Äste zusammen, damit die Flamme möglichst klar wurde, und er ließ das Feuer so lange brennen, bis genügend Holzkohle und Asche entstanden waren, um die gehäutete Gans darin zu braten. Das Herz und die Leber legte er in den Steinring für den, der offenbar vorbeikam, ihn aber in Frieden ließ.

Er ging zur Mulde, scharrte den Schnee weg, streifte Moosbeeren ab und nahm eine große Handvoll mit, damit er sich daran laben konnte, wenn die Gans gar war.

Er hängte den Balg der Gans zum Trocknen auf, und

auch den Schnabel hängte er auf, genau wie es seine Mutter getan hätte. Die Eingeweide legte er ans Seeufer, die Därme aber reinigte er, wendete sie, wusch sie im Seewasser aus und hängte sie unter einem Weidenbaum auf. Wenn sie trocken waren, konnte er daraus vielleicht eine Sehne für den Bogen winden, den er sich bauen wollte, sobald er einen Namen hatte. Mit Fett mußten sie eingerieben werden, damit sie sich hielten, eingerieben und geknetet mußten sie werden, damit sie weich und schmiegsam wurden. Er benötigte eine Schale, um das Fett aufzufangen, falls er nochmals eine Gans in seinen Bann ziehen konnte.

Er aß die ganze Gans, so daß er nach Luft schnappen mußte. Er lachte über seinen überfüllten Magen. Dann rieb er den Kopf mit dem Fett ein, wusch sich danach mit Schnee, und die Haut wurde weich und warm. Jetzt fühlte er sich wie im Gildenhaus der Baummarder: vollgegessen und quicklebendig, aber niemand war da, mit dem er hätte teilen können.

Etwa um die Zeit, als die Nacht am längsten war und die Sonne nur einen kurzen Augenblick über dem Wald erschien, entdeckte er eine große Spur und neben der Spur kurze Haare. Es bestand kein Zweifel, ein Hirsch hatte die Ebene beim See durchquert, vielleicht auf der Flucht vor den Bauern.

Er lauschte auf ihr Johlen und Schreien, er wartete, sie lärmend aus dem Wald brechen zu sehen, aber alles blieb still. Dann machte er sich auf über die bläulich-weiße Schneedecke und folgte der Spur in den Wald.

Gleich nach dem Waldrand hatte das Tier angehalten, die Spuren bildeten ein Muster kreuz und quer im Schnee, es hatte nach Gras und Pilzen gescharrt, gefressen und einen großen Kothaufen hinterlassen.

Der Hirsch war langsam durch den Schnee gelaufen, vielleicht, um eine Wasserstelle zu finden und von den Kräutern und dem Gras zu fressen, die dort wuchsen und vom Schnee nicht bedeckt waren. Er folgte der Spur, ohne hineinzutreten, wie er es von seinem Vater gelernt hatte, es gab sogar Gelegenheiten, da mußte man rückwärts gehen, das verwirrte das Tier und machte es neugierig.

Der Hirsch mußte erst vor kurzem hier gewesen sein, mußte im Bogen gegangen sein, gegen den Wind. Er roch ihn schon, ein eigenartiger Geruch, der ihm nicht vertraut war. Von den Spuren dagegen hatte der Vater oft geredet, immer dann, wenn er erzählte, wie er einmal einen Hirsch gejagt und erlegt hatte.

Da widerhallte der Wald von Lärm und lauten Rufen, der Junge hörte das Platschen von Wasser, und durch das Unterholz sah er Gestalten, die wild durcheinanderliefen. So hatten die Bauern aus dem Dorf den Hirsch doch bemerkt und vorausgesehen, daß er wahrscheinlich zur Wasserstelle kommen und seinen Durst löschen würde.

Er schlich von Baum zu Baum. Sie waren mit Bogen bewaffnet, der Hirsch lag, von ihnen umringt, mitten in der Quelle, und war von fünf Pfeilen getroffen. Von jedem Mann einer. Jetzt standen sie da und redeten laut, als wären sie allein auf der Welt. Einer von ihnen deutete auf den Hirsch, der den Kopf etwas gehoben und einen Hinterlauf bewegt hatte. Sie redeten darüber, wer von ihnen dem Tier den Todesstoß geben sollte. Einer, der nichts sagte, erhielt die Aufgabe. Er hatte ein langes Eisenmesser. Er führte seine Aufgabe in der Quelle stehend aus, ihm war offensichtlich nicht recht wohl zumute dabei.

Dann zogen sie das Tier an den Hinterläufen heraus, banden Hinter- und Vorderläufe zusammen, und einer, der eine Axt hatte, fällte einen kleinen Ahornbaum und schnitt die Äste ab. Der Stamm wurde zwischen den verschnürten Läufen durchgeschoben, zwei der Männer schulterten die Last und machten sich auf den Weg ins Dorf. Die Atemluft stand in kleinen Wolken um die Männer. Sie redeten laut und brachen manchmal in ein Gelächter aus, das seine Mutter immer als das böse Lachen bezeichnet hatte.

»Eines Tages«, sagte der Vater, »eines Tages wirst du einen Hirsch erlegen, aber nicht mit deinem kleinen Messer. Wenn du Pfeil und Bogen hast, wird es für dich auch einmal soweit sein.«

Der Junge ging in der Dämmerung heimwärts.

»Hirschfleisch ist so kräftig, daß einem davon schwindlig wird«, hatte sein Vater gesagt, »man bekommt Kraft und großen Mut davon, mehr als vom Wildschwein.«

»Wildschweinfleisch macht schwermütig«, hatte die Mutter gesagt, »Hirschfleisch dagegen fröhlich. Von Hirschfleisch wird die Welt rot wie die Sonne.«

»Es ist das Fleisch unserer Vorfahren«, sagte der Vater. »Das Fleisch der Bauern ist die Grütze. Unsere Vorfahren haben einmal jeden Tag Hirschfleisch gegessen.«

Er ging zu seinem Bach und holte sich drei Forellen heraus. Die Kraft, die er hatte, stammte vor allem von Fischen, Vögeln, Beeren und Pilzen. Er war bereits anders als seine Vorfahren.

Nach dem Tag, an dem sich die Sonne am kürzesten zeigte und die Nacht so lang war, wie der Tag im Sommer, nahm die Kälte zu, und er begann nachts zu frieren, so daß er in der Dunkelheit herumlaufen mußte, um sich mindestens ein bißchen zu erwärmen. Er brauchte dringend ein Fell.

Da wollte es der Zufall, daß ein Wolf über den See gelaufen kam, das war noch nie passiert. Der Wolf lief mit dem Wind, obwohl das Tier groß war, schien es ziemlich schwach zu sein.

Er rief den Wolf an, wie der Vater es ihm beigebracht hatte, und er nannte ihn lieb, das hörten die Wölfe gern: »Lieber Wolf, willkommen bei mir. Ich bin hungriger als du, du brauchst mich also nicht zu fressen. Ich friere auch mehr als du, deshalb könntest du mir dein Fell geben.«

»Was gibst du mir dafür?« fragte der Wolf, ein altes Männchen, verstoßen vom Rudel.

»Ich werde dir erzählen, wo es Schafe und Lämmer gibt.«

»Schafe und Lämmer, die sind um diese Zeit in den Häusern der Menschen«, brummte der alte Wolf.

»Nicht in dieser Gegend«, sagte der Junge ohne Namen, »hier scharren die Schafe den Schnee beiseite und fressen das gefrorene Gras. Du kannst dich selbst davon überzeugen.«

»Dann nimm das Fell«, sagte der Wolf, »der Hunger plagt mich tatsächlich mehr als die Kälte, deshalb mache ich den Tausch gerne mit.«

Der Junge forderte den Wolf auf, sich hinzulegen, damit er mit seinem Messer herankommen könne, und der Wolf legte sich bereitwillig hin.

»Jetzt muß ich dir erst den Hals aufschneiden«, sagte der Junge, »anders geht es nicht.«

»Mach das nur«, sagte der Wolf, »ich werde es ja gewiß nicht spüren.«

Der Wolf spürte es natürlich schon, aber da war es zu spät, und der Junge konnte dem Wolf das Fell abziehen, aber den Körper rührte er nicht an, so, wie er es versprochen hatte.

Am gleichen Tag noch schabte er die Haut, scheuerte sie mit Seewasser, und obwohl sie der Frost steif werden ließ, hatte er ein Wolfsfell und brauchte nicht zu frieren.

»Danke, lieber Wolf«, sagte der Junge, nachdem er sich in das Fell gehüllt hatte, »du bist sehr gut zu mir. Und du, Vater, was sagst du dazu?« fragte der Junge, zum Aschehaufen gewandt, »sagst du gar nichts dazu?«

Aber der Vater hatte nichts zu sagen. Er hielt sich wahrscheinlich meistens im Gildenhaus auf.

Jetzt konnte der strenge Winter, an dem die Tage länger wurden, ruhig kommen.

4

Der späte Winter war beißend kalt und sonnig. Die Aale schlummerten in ihrem weichen Schlamm am Grunde des Sees und ließen Luftblase um Luftblase nach oben unter das Eis steigen. Dort froren die Blasen fest und waren wie runde Augen, in die er mit dem Hammer hacken konnte, wenn er auf dem Eis war, um Aale zu fangen.

Das Eis war dick wie eine Faust, dann wuchs es nach unten und erreichte die Dicke eines Unterarms. Die Aale hatten nun Frieden vor ihm, durch diesen Eispanzer drang er nicht. Das waren magere Wochen, in denen er in der Mulde Moosbeeren unter dem Schnee ausgrub – es wurden immer weniger – oder hinter Büschen und Grashügeln wartete, um ein Schneehuhn in seinen Bann zu ziehen oder einen Hasen anzulocken. Hoch oben schwebte der Adler und hatte alles im Auge. Das Raubtier hielt sich nicht zurück, sondern schnappte sich die Beute, die schon fast seine war, den neugierigen Hasen, der die Ohren drehte und aufmerksam schnupperte. Gerade, als der Hase näher heranhoppeln wollte, schoß der Adler im Sturzflug herunter, schlug seine Klauen in ihn, warf dem Jungen einen spöttischen Blick zu, erhob sich mit der zappelnden Beute und flog davon, so weit, daß er ihm mit den Augen nicht mehr zu folgen vermochte.

Nur die Forellen ließen ihn nicht im Stich, sie standen in einem tiefen Wasserloch des Quellbachs, mit dem Rücken gleich unter der Oberfläche, und ernährten sich friedlich von kleinem Getier. Man kam gar nicht auf den Gedanken, daß sie auch erschreckt davonschießen und sich so schnell verstecken konnten, als wären sie nie dagewesen. Sie waren gut zu ihm.

Er hatte beschlossen aufzubrechen, kurz bevor Tag und Nacht gleich lang waren. Er wollte für alle Fälle die Bogensehnen mitnehmen, der Aalspeer sollte hierbleiben, bis er zurückkehrte. Speer und Eishammer sollten auf ihn warten, bis er zurückkehrte, um sich niederzulassen und eine Hütte zu bauen.

An einem sonnigen Tag, an dem es taute und tropfte, machte er sich auf den Weg. Er hatte den Waldrand noch nicht erreicht, als ihn der Zaunkönig umschwirrte, der Vogel sah ganz freundlich aus, scherzte ein bißchen mit ihm, aber flog dann zurück zur Hütte, wo er sich auf seinen Zweig setzte und ihm nachschaute. Nun würde der Vogel da sein, wenn er zurückkam, obwohl der Junge einmal seinen Rat nicht beherzigt hatte.

Der Junge streifte durch die schon bekannte Gegend, sah die Dörfer wieder mit den stinkenden Häusern, sah den Rauch, der sich von den Dächern niederschlug und bläulich zwischen den Wänden hing, die Kühe, die an einem Heubüschel kauten und sich nicht bewegten, während eine Bauersfrau daneben kniete und in einen Holzeimer molk. Aus den Türen lugten die Augen der Kinder. Männer waren nicht zu sehen, sie waren vielleicht auf der Jagd oder überprüften ihre Fallen.

Plötzlich wurde an einer Hauswand ein kleiner Laden geöffnet, und große Vögel drängten heraus und flogen überall dort hin, wo der Schnee geschmolzen war und sie Samen finden konnten. Das Männchen stellte sich auf und brachte durchdringende Laute hervor, wie er sie nie zuvor gehört hatte, nicht einmal von weitem. Das waren Vögel, die es nicht im Wald gab, größer als Schneehühner, viel größer, und kleiner als Auerhähne, vermutlich so groß wie Birkhühner. Nun hatten die Bauern also neue Tiere dazu gebracht, bei ihnen zu bleiben, Tiere, die allein nicht zurechtkamen und abhängig waren von dem, was die Bauern wollten.

Er gelangte noch vor der Dämmerung zum Bach der Biber. Er richtete sich auf einen Halbschlaf auf einem Baum ein, es war Vollmond, ab und zu wurde ein Biber mit glattem, glänzendem Fell sichtbar, schwamm in dem aufgestauten Bach herum und kroch dann an Land, stolperte zu einem jungen Bäumchen und nagte die Rinde ab, knabberte und kaute hastig, kehrte ins Wasser zurück und verschwand in seinem geheimen Eingang.

Er schlief sehr leicht, hörte alles und spürte ständig den Mond und dessen Widerschein auf dem Bach. Wenn er nicht fror, träumte er, meistens von der Bauerntochter, die sich von ihm entführen ließ und sich in seinen Armen leicht machte. Ganz bis zur Hütte brauchte er sie nicht zu tragen. Wenn sie erst weit genug vom Dorf entfernt waren, würde sie von selbst mit ihm gehen, nur er kannte schließlich den Weg.

Starr vor Kälte klettere er vom Baum, als es am Himmel zu tagen begann. Er ging den Bach entlang bis zum See, wo die Mündung war, und er fand ein Wasserloch, in dem die kleinen Forellen Rücken an Rücken standen. Er schnappte sich eine, biß hinein und aß.

Er folgte dem Ufer des Sees, nirgends war ein Aalfänger aus dem Dorf am Hügel zu sehen. Er roch das Dorf, eine einzelne Rauchsäule stieg über dem Wald auf.

Er mußte auf der Uferseite bleiben, wo das Quellwasser in den See floß und das Eis körnig machte, und auf dem Grund der Wasserlöcher erspähte er große, weiße Muscheln, wie die Mutter sie gesammelt hatte, wenn der See daheim eisfrei war. Das war wie ein süßer Schleim im Mund und sättigte mehr als die salzigen Muscheln, die sie am Sommerplatz beim Fjord oben sammelten.

Er blieb oft stehen und schaute, ob er jemanden sah, und dabei grübelte er vor sich hin. Auf dem See beobachtete er, wie ein weißes, kurzbeiniges Tier mit einem kleinen Schwanz davonwieselte. Es war weit weg, wahrscheinlich ein Hermelin, gerade recht, um daraus eine Mütze zu nähen, hätte die Mutter gesagt.

Eine schöne Mütze für die Bauerntochter.

Er stieg die Böschung hinauf, um näher an das Dorf heranzukommen. Dort war für viele Felder mit kleinen Deichen dazwischen gerodet worden. Der Schnee neben den Deichen war verweht, er lag wie große Zungen auf dem Feld, und aus den Schneewehen ragten steife, kleine Strohhalme, Reste von dem, was hier gewachsen war und von dem die Mutter gesagt hatte, es sei Getreide.

Zwischen den Strohhalmen bemerkte er eine kleine Schar Rebhühner. Daheim hätte er sich eines nach dem anderen gefangen, aber er wagte sich nicht hinaus auf das Feld. Die Hunde der Bauern würden ihn verraten, und dann könnte er später nicht mehr ungesehen zur Quelle kommen.

Es war ein großes Dorf mit vielen Häusern, umgeben

von einem hohen, aus Zweigen geflochtenen Zaun. An einigen Stellen gab es Öffnungen, und hier waren Pfade in den Schnee getrampelt. Einer führte vermutlich hinunter zur Quelle, ein anderer in den Wald.

Aus einigen Häusern stieg Rauch, die Kühe brüllten, und die Stimmen der Kinder und Frauen klangen mißmutig und gereizt. Für ein Lachen war es wohl noch zu kalt und zu früh.

Er ging den Waldrand entlang, der das Dorf und die Felder säumte. Da waren mehr Häuser, als er gedacht hatte, und da gab es noch zwei Eingänge und Ausgänge. Drei waren offen, einer geschlossen. In einem der offenen stand ein Mann und spuckte in den Schnee. Er sah auf und betrachtete den Himmel. Dann drehte er sich um und verschwand.

Kurz darauf erklang ein lauter, befehlender Ruf. Zwischen den Häusern wurde viel hin und her gerufen. Vielleicht wollten sie jetzt etwas zusammen machen. Kurz darauf wurde das geschlossene Tor geöffnet, und eine mit Bogen und Speeren bewaffnete Schar kam heraus und schlug den Weg zum Wald ein. Aus diesem Tor waren sie vermutlich auch gekommen, um zu seiner Hütte zu gehen.

Hatten die hier die Hütte angezündet, so daß seine Eltern und seine Schwester verbrannt waren?

Die Hunde folgten ihnen schnüffelnd und kläffend. Bald würden sie auf seine Fußstapfen stoßen. Er hörte, wie die Hunde seine Spur aufnahmen, aber sie wurden zurückgerufen. Er brauchte nicht zu fliehen.

Im offenen Tor erschienen zwei alte Männer, beide mit Stock, wahrscheinlich die einzigen, die noch im Dorf waren. Sie schlossen das Tor hinter sich. Sie gingen zu den anderen Toren und schlossen sie ebenfalls. Nur der Ausgang zur Quelle stand offen. Die Männer blieben vielleicht länger fort.

Jetzt wollte er im Schutze des Waldes dicht neben dem Pfad warten, bis die Bauerntochter mit ihrem Krug auftauchte. Er wollte sehen, wie sie aus dem Tor kam und die Böschung zur Quelle hinunterging, aber ehe sie zur Quelle kam, wollte er ganz in ihrer Nähe sein, um dann, wenn sie den Krug mit Wasser füllte, hervorzutreten. Sie würde das Knirschen des Schnees und das Rascheln des Laubes hören, und wenn sie zu ihm aufschaute, würde er auf der Stelle in ihrem Blick sehen, ob sie ihn wiedererkannte.

So und nicht anders sollte es geschehen.

5

Das erste Mädchen, das mit seinem Krug auf der Schulter aus dem Tor kam, war dunkel und klein, rutschte auf dem festgestampften, gefrorenen Schnee und wäre beinahe gestürzt. Sie rieb sich mit der freien Hand den Rücken, scheuerte sich den Hals am Bündchen des Kleids und kratzte sich, da war noch das Ungeziefer der Nacht, das an den empfindlichen Stellen stach und biß.

Sie lief ganz dicht an ihm vorbei, sie redete mit sich selbst, murmelte immer denselben Spruch, der sie beschützen sollte.

Dann erschien eine Frau mit einem Kind auf dem Arm in der Türöffnung, sie rief nach dem Mädchen, das sich umdrehte und nickte, worauf die Mutter in einem Haus verschwand.

Das Mädchen stieg die Böschung hinunter bis zur Quelle, hockte sich hin und schob die grünen Wasserpflanzen an der Oberfläche zur Seite. Sie drückte den Krug hinein in das tiefe Wasserloch, ließ ihn halbvoll laufen, hob ihn wieder heraus, schüttelte ihn und kippte das Wasser auf die Erde. Nun drückte sie den Krug erneut ins Wasser, die Öffnung schräg zur Oberfläche, so daß das Wasser gerade noch hineinlief, ohne Sand und ohne Grünzeug. Sie saß auf den Fersen, eine Hand leicht auf den Krug gelegt. Sie kratzte sich am Rücken und innen an den Beinen. Sie hatte ein gewebtes Kleid an, aus brauner Farbe mit grünen Streifen kreuz und quer. Sie murmelte unablässig. Sie sah sich gar nicht um, sondern starrte dumpf vor sich hin, erst, als der Krug überlief, zog sie das Gefäß am Henkel hoch, packte es mit beiden Händen am Hals, hob es aus dem Wasser und schob die Last auf die Schulter.

Mit einer Hand den Krug festhaltend begann sie, gleichgültig und schwerfällig zurückzugehen.

Auf halbem Weg traf sie die, wegen der er gekommen war. Sie war so schnell mit ihrem Wasserkrug auf der Schulter durch das Tor gekommen, daß er sie einfach übersehen hatte. Sie blieb stehen, sagte etwas zu der andern, lachte aber nicht, sie lächelte nur. Ihre roten Haare waren zu Zöpfen geflochten, die sie um den Kopf geschlungen trug, ihr gewebtes Kleid war kreuz und quer von roten und grünen Streifen durchzogen und wurde von einer großen Spange an der linken Schulter zusammengehalten. Sie trug aber kein Band, keinen Ring aus Metall um den Hals, noch hatte keiner um sie geworben. Ihre Beine waren mit einem gewebten Band umwickelt, und an den Füßen hatte sie Lederlappen, die mit Lederschnüren um den Fuß gestrafft werden konnten. Als das andere Mädchen weiterging, wartete sie einen Moment, bückte sich dann, stellte den Krug ab und scharrte mit den Händen Schnee zusammen für einen Schneeball. Sie formte eine feste Kugel und warf sie dem Mädchen an den Rücken, so daß der Schnee aufspritzte und ihr in den Nacken rieselte. Sie lachte laut, als sich das Mädchen umdrehte und schimpfte, bevor es weiterging.

Jetzt kam sie so nah, daß er den Glanz ihrer Augen sehen konnte. Sie stieg die Böschung hinunter und kauerte sich auf einen Stein neben der Quelle, stellte den Krug ab, schöpfte Wasser mit der hohlen Hand und trank es. Dann griff sie mit beiden Händen hinein, goß sich das Wasser übers Gesicht und benetzte den Nacken. Er sah, wie die Wassertropfen an ihrem Hals und hinter den Ohren herunterrannen. Dann stellte sie den Krug schräg in die Quelle und wartete, bis das Gefäß voll war. Sie saß in der Hocke, die Hände zwischen den Knien und die Fingerspitzen aneinander gelegt, und so blieb sie auch sitzen, als sie das Laub rascheln und den Schnee knirschen hörte.

Sie wandte sich dem Geräusch zu und sah ihn kommen, und er sah sie sitzen und ihn anschauen.

»Bist du es wieder?« fragte sie, erfreut, wie er merkte, und er verstand jedes Wort.

Er nickte, ging auf sie zu und blieb vor ihr stehen. Sie schaute zu ihm auf, dann nahm sie seine Hand und legte ihre Stirn und ihren ganzen Kopf hinein. Er sah auf ihren Nacken hinab und hinein in das Dunkel zwischen Kleid und Rücken.

Sie hob den Kopf und schaute zu ihm auf, dann erhob sie sich, blieb vor ihm stehen und legte beide Hände auf seine Schulter und strich ihm über den Rücken. Er legte seine Arme um sie.

»Du konntest nicht früher kommen?« fragte sie, und

in ihrem Gesicht war ein verlegener Schmerz. Dann schüttelte sie den Kopf und sagte:

»Das konntest du wohl nicht?«

Er sprach langsam und erzählte ihr all das, was er ihr schon lange hatte erzählen wollen: daß sein Vater und seine Mutter im Feuer umgekommen waren, daß er keinen Namen hatte und bloß der Junge der Mutter war, und daß nur einer aus seinem Clan, dem Clan der Baummarder, ihm einen Namen geben konnte, und daß er eine weite Reise unternehmen müsse, um diesen einen, seinen Onkel, zu finden und einen Namen zu bekommen.

»Ich habe dir einen Namen gegeben«, sagte sie und strich ihm die Haare an den Ohren zurück, »sonst hätte ich nicht an dich denken können.«

Er wollte sie nicht fragen, wie sie ihn genannt hatte, das las sie in seinen Augen.

Er hatte ihr keinen Namen gegeben, sie wäre ihm zu lebendig geworden.

Seine Stimme war heiser, als er sagte: »Ein Junge, der keinen Namen hat, kann kein Mann werden und ist nicht imstande, einem anderen einen Namen zu geben.«

»Und du kannst nicht einfach nach deinem Vater oder deiner Mutter heißen?« fragte sie.

Er schüttelte den Kopf. Er konnte nur den Kopf schütteln. Sie bückte sich und holte den Krug heraus, leerte ihn aus, hielt das Gefäß wieder ins Wasser, knapp unter die Oberfläche, bis es gefüllt war, und stellte es auf den Stein. Sie merkte, daß er auch ihren Namen nicht wissen wollte.

Jetzt wurde vom Dorf oben gerufen, und sie blickte ihn an und sagte:

»Ich komme zurück, ich muß Grütze kochen, aber ich komme zurück, ich möchte mich von dir verabschieden.«

Er trat ein Stück hinein in den Wald, wo er den Pfad und

das Tor im Auge hatte, ein Junge lief Richtung Quelle, blieb aber stehen und rief laut, als er die Schwester mit dem Krug auf der Schulter kommen sah. Oben im Dorf streckte eine Frau den Kopf aus der Tür und hielt nach ihnen Ausschau.

Es dauerte lange, bis er sie wieder sah, diesmal ohne Krug, aber sie hatte etwas in der Hand. Er sah, wie sie langsam gegen einen eisigen Wind anging, er hatte begonnen aus der Frostecke zu blasen. Das Kleid wurde ihr gegen den Körper gepreßt, und er stellte fest, daß sie in jeder Hinsicht vollkommen war.

Sie ging an der Quelle vorbei hinunter zum Seeufer, wo er sie zum ersten Mal getroffen hatte, als sie ihn im Schlaf überrascht hatte. Und sie ging bis zum Baum, unter dem er geschlafen hatte. Er folgte ihr und stellte sich vor sie hin. Sie öffnete ihre Hand, und darin lag ein kleines Ding, das wie eine Lippe geformt war.

»Wir nennen es Brot«, sagte sie, »das wollen wir gemeinsam essen.«

Sie brach es in der Mitte, nahm ihren Teil in den Mund und begann zu kauen.

Er steckte seinen Teil in den Mund und merkte, daß es salzig und klebrig war und voller rauer Pflanzenteile. Der Mund wurde auf eine Weise gefüllt, die er nicht kannte.

»Diesen Geschmack wirst du auf deiner ganzen Reise nicht vergessen«, sagte sie. »Brot ist selten, es ist das beste, was es gibt.«

Er sagte, er wolle auch etwas mit ihr teilen, etwas von ihm selbst Besorgtes.

»Was ist es?« fragte sie, sie wollte es gleich wissen.

Er ging hinunter zum Bach und suchte am Ufer, dann bückte er sich, packte blitzschnell zu und hielt eine Forelle in der Hand. Er biß dem Fisch in den Nacken und sah ihr

Grausen, aber dann mußte sie lachen, und als er zu ihr kam, sagte sie: »Das schafft keiner im Dorf, die sind alle zu langsam.«

Er reichte ihr den Fisch, zeigte ihr, wo sie hineinbeißen mußte, und sie nahm einen Bissen vom Fleisch und kaute es, und er nahm einen Bissen und kaute. Es war ein milder Fisch.

»Er schmeckt mild«, sagte sie gleich, aber sie sagte nicht, daß sie zum ersten Mal einen Fisch roh aß.

Ja, er war sehr mild.

Sie aßen nicht alles, sie aßen nur die besten Happen, den Rest schleuderte der Junge ohne Namen weg, und er wischte sich das Gesicht ab, sie aber ging zum Bach und wusch sich die Hände.

Gemeinsam gingen sie hinunter zum See, sie voraus und er hinterher, ab und zu drehte sie sich um zu ihm und lächelte, und er fühlte sich wirr und weich im Kopf beim Anblick ihres langsamen, wiegenden Ganges.

Als sie Abschied nehmen mußte, sagte sie: »Die Schwester meiner Großmutter wurde von einem Mann wie dir heimgetragen. Ist es das, was du mit mir tun willst, wenn du wiederkommst?«

»Ja«, sagte er, »das ist es, was ich tun will.«

Da sagte sie: »Vermutlich werde ich nicht besonders laut schreien oder viel Widerstand leisten. Du brauchst mich auch nicht den ganzen Weg tragen«, fuhr sie fort, »ich kann schon selber gehen.«

Er nickte, brachte aber kein Wort heraus.

Ohne noch etwas zu sagen, schauten sie sich an, drehten sich um und gingen davon, ohne sich noch einmal umzublicken.

6

Der Junge ohne Namen durchquerte nun ziemlich rasch das große Waldgebiet, in dem er im Jahr zuvor die alte Spitzmaus vom Clan der Hirsche getroffen, den alten Baummarder gesehen und in der blauen Quelle gebadet hatte.

Der Frost hielt nach dem Tag, an dem Tag und Nacht gleich lang waren, noch einen Mondwechsel an. Um die Dörfer lagen öde und grau die Felder. Die Bären schliefen noch in ihren hohlen Bäumen, das Hermelin streifte gerade seinen Winterpelz ab.

Er führte ein karges Leben, aber Forellen gab es immer in den Bächen. Meist hatten die Fische den Rogen, den seine Mutter so schätzte, bereits in den Teichen abgelegt.

Schnepfen, die im Unterholz herumliefen, lockte er mit Futter und schnappte sie mit der Hand, aber sie waren nicht sehr nahrhaft.

Nachdem es einige Tage und Nächte geregnet hatte, setzte sich das milde Frühlingswetter durch, die Eisdecke auf den Seen schmolz, und die Gänse watschelten herum und fraßen die ersten grünen Grasspitzen. Da, wo die schweren Regenwolken hingen, hörte man die schrillen Schreie der Kraniche, die in langen Zügen dahinflogen, unbeirrbar auf den Sumpf zu, wo sie den Sommer verbringen würden.

In den Dörfern tauchten zuerst die Kinder und Frauen auf, Kinder allen Alters, viele Kinder, er wunderte sich, daß es so viele waren, und hinter ihnen standen die Frauen mit ihren schnurrenden Spindeln.

Als nächstes sah man die Kühe, die langsam ein Gerät über die Äcker zogen, das die Erde aufkratzte und wendete und das der Bauer festhielt. Die Erdschollen glänzten feucht, Würmer ringelten sich, und in der Luft versammelten sich die Möwen über den Feldern. Dampfend lag die aufgerissene Erde da, vor jedem Dorf das gleiche Bild, bis der Bauer mit einem anderen Gerät kam, das die Kühe langsam und leicht über die Äcker zogen. Das ebnete die Erde wieder, und sie sah nun fast aus wie ein gefrorener See. Steine wurden zusammengeschoben und vom Bauern aufgelesen, er warf sie an den Rand des Feldes, wo bereits ein länglicher Steinhaufen lag.

Acker um Acker, wie der Junge vom Waldrand aus beobachtete, wurde auf diese Weise bearbeitet. Es gab nichts anderes als die Erde und das, was der Bauer mit ihr vorhatte.

Nach einigen Tagen erschien der Bauer erneut, diesmal mit einem Korb, den er sich vor den Bauch gebunden hatte. Er nahm mit der Hand die Samen heraus, mit der rechten Hand, und warf sie auf den Acker hinaus und redete dabei, wiederholte ständig das gleiche, bis er die Samen auf der Erde verteilt hatte. Nur der Bauer war da, niemand war in der Nähe, und die Hunde wurden mit lauten Flüchen ins Dorf gejagt. Offenbar mußte das hier von dem Bauern ganz allein getan werden. An bestimmten Stellen nahmen die Bauern die Samen in den Mund und spuckten dann die Körner in alle Himmelsrichtungen, das sah aus wie eine heilige Handlung und bedeutete sicher Schutz und Segen.

Der Junge ohne Namen kam auch zu einem Acker, der am Abend besät worden war, an einem Abend, als die Luft schon recht lau war. Der Acker mußte zu dem Dorf gehören, das nahe bei der Küste lag, und bei dem er sich im Jahr zuvor versteckt hatte, als die Bauern ein großes Feuer ansteckten.

Er betrachtete alle Felder, an denen er vorbeiging, um zu sehen, ob er sich in Acht nehmen mußte, ob Hunde im Schatten wachten oder ein Bauer dem Wild auflauerte.

Aber er betrachtete sich das alles auch, um Bescheid zu wissen und um sich danach richten zu können.

So kam er in der Dämmerung zu einem Acker und stellte sich hinter einen Haselnußstrauch, um von dort Ausschau zu halten. Vom Dorf schallten laute Stimmen, Hunde kläfften, und Kühe brüllten. Auf dem Pfad vom Dorf her tauchte jetzt eine Frau in einem weißen Kleid auf. Sie redete vergnügt und munter, dann erschien ein Mann, dunkler gekleidet, er sprach kurz und heiser. Immer wieder hielt er inne und blickte den Pfad entlang zurück, als fürchtete er, gesehen zu werden. Dann sagte er etwas zu der Frau, die nun mitten auf dem Acker stand, wo es bereits zu keimen angefangen hatte, er ging zu ihr hin und blieb dicht vor ihr stehen. Sie sprachen gedämpft miteinander und betrachteten den Himmel, wo der Schein des Vollmondes am Horizont auftauchte. Langsam stieg der Mond auf, gelb schimmernd im Dunst über dem Meer, eine große Scheibe, größer als sonst, und eine mächtige Kraft schien von ihr auszugehen.

Fast flüsternd sagte der Mann ein paar Worte zu der Frau, und sie legte sich auf den Boden, zog ihr Kleid hoch, entblößte ihr Geschlecht und öffnete es für den Mann. Er entblößte ebenfalls sein Geschlecht. Er glich einem Zauberer, wie er nun zu der Frau sprach, die es sich behaglich machte. Sie lachte, als sich der Mann auf sie legte und sich mit ihr vereinigte, Mund mit Mund und Schoß mit Schoß.

Jetzt murmelte er etwas, es klang wie: »Und nun wollen wir, und nun können wir«.

Als er das gesagt hatte, flüsterte die Frau etwas Ähnliches.

Wäre es nicht draußen auf dem Acker geschehen und hätte es nicht so feierlich gewirkt, wäre er niemals stehengeblieben. Er hatte es so oft erlebt, wie seine Mutter zu lachen begann, wenn sie merkte, daß in Vaters Blick plötzlich so eine Lust funkelte, die sie mit Necken noch ein bißchen hinhalten konnte, für eine kurze Zeit.

Der Junge sah, wie der Mann sein Glied nach allen Seiten über dem Acker schüttelte, er sah, wie die Frau den Samen lange auf die Erde tropfen ließ. Dann schlossen sie ihre Kleider, und der Mann ging zum einen Ende des Feldes, die Frau zum anderen, dann trafen sie sich wieder und gingen in umgekehrter Richtung, um schließlich auch in die übrigen Richtungen zu gehen, so daß jeder an allen Rändern des Ackers gewesen war. Wahrscheinlich taten sie das nicht zum ersten Mal.

Sie redeten miteinander auf dem Rückweg, der Mann lief vorne, die Frau hinter ihm, sie wirkten nicht mehr zerstreut, besprachen, was jetzt – nach Meinung der Vorfahren – geschehen sollte.

Der Junge hatte nicht gewußt, daß sich die Bauern so benahmen.

Er ließ den Wald hinter sich, aber nie allzu weit, um sich jederzeit vom offenen Strand in Sicherheit bringen zu können. Der Himmel wölbte sich nun frei über ihm, er hatte einen weiten Blick auf Strand und Meer.

Der Wind wehte vom Meer her, die Sonne stand hoch, und er schlenderte dahin und sättigte sich mit den Eiern aus den Nestern am Strand und in den Büschen und Sträuchern der Küste entlang. Es gab Herzmuscheln, und bei einer kleinen Sandbank fand er handtellergroße Austern. Die Seehunde sonnten sich, umgeben von ihren Jungen. Es war leicht, sich Nahrung zu besorgen, aber er nahm nur das, was man sammeln konnte. Es gab auch frische und saftige Wurzeln von Doldengewächsen, und die ersten Pilze standen ringförmig im Gras. Er brauchte nur zuzugreifen.

Er hatte mit Booten und Menschen gerechnet, aber der Meereshorizont war leer. Vielleicht war es noch etwas zeitig im Jahr. Die Seehunde mußten noch zulegen und das Fell ihrer Jungen noch dichter werden.

Er kam am See der Kraniche vorbei und dachte an seine Wanderung im Vorjahr, als ihn hier ganz andere Gedanken und Gefühle beschäftigt hatten. Es war keine unbekannte Gegend mehr. Sollte er noch einmal herkommen, würde das Fremde noch geringer werden.

Die drei roten Federn lagen nun überflüssig in seinem Lederbeutel. Wem standen sie zu, wenn seine Mutter sie nicht bekommen konnte? Gab es dafür eine Regel?

Der Bauerntochter? Der Frau, mit der der Onkel zusammenlebte? Wer konnte ihm das sagen?

Er wußte nicht einmal, wen er fragen sollte.

Als er die Anlegestelle erreichte, an der er dem Onkel begegnet war, stand der Sommer in voller Blüte. Die Wildäpfel waren schon groß. Die Nüsse reiften in ihrer Hülle. Aber das Jahr war noch nicht so weit wie beim ersten Mal. Er hatte sein Ziel frühzeitig erreicht. Er hatte nur Angst, daß diesmal kein Schiff kam und er nie einen Namen erhalten würde.

7

Vom Waldrand aus konnte der Junge ohne Namen von morgens bis abends beobachten, was an der Anlegestelle geschah.

Bei Morgengrauen fingen die Kühe drinnen im Dorf zu brüllen an, und wenn die Sonne schon ein Stück am Himmel stand, öffnete sich das Tor, und die Kühe wurden auf dem Pfad entlang hinaus in den Wald getrieben. Offenbar befand sich unterwegs ein Wasserloch, zu dem sie hinuntergingen, dann sah er nur Rücken und Hörner und ab und zu einen Kuhschwanz in der Luft. Eine magere Bauersfrau mit einem braunen Gewand, das ihren Kopf bedeckte, wartete oben. Sie hob die Spindel und verscheuchte die Fliegen vom Gesicht.

Der Fliegenschwarm verfolgte die Herde bis zum Wald, wo es kühler wurde und die Kühe unter den niedrigsten Zweigen der Bäume zu weiden begannen. Auf diese Weise brachen sie immer weiter in den Wald hinein. Um die Mittagszeit ließen sie sich wiederkäuend auf einer Lichtung nieder. Währenddessen saß die Bauersfrau im Schatten unter einem Baum und kaute ihr Brot oder starrte vor sich hin.

Manchmal waren Kinder dabei, die Beeren sammelten und auf Halme steckten, die ihnen die Mutter zu kleinen Kränzen zusammenband.

Ständig rief die Mutter den Kindern zu, was sie sollten oder nicht sollten, was sie durften oder nicht durften. Der Junge ohne Namen stand hinter einem Baum oder im Dickicht des Unterholzes, oder er saß hoch oben auf einem Ast und schaute zu, wie die Kinder dann ihr Treiben unwillig unterbrachen, aber nur für kurze Zeit. Dann tobten sie weiter und riefen einander zu und schrien in den Wald, so daß es widerhallte.

Die Männer begaben sich auf die Felder, auf denen das Getreide schon hoch stand. Sie brachen einzelne Ähren ab und untersuchten die Körner, zerbissen sie und kauten sie zu Brei, schoben sie mit der Zunge hin und her und schmeckten. Sie nickten einander zu und klaubten sich die Spelzen aus den Mundwinkeln.

Sie blickten hinauf zum Himmel und deuteten auf die Wolken. Sie hielten einen Finger in die Luft und sprachen vom Wind. Sie nickten einander zu und redeten mit tiefen Stimmen. Eilig hatten sie es nie.

Andere Männer gingen mit Netzen über der Schulter zum Strand bei der Anlegestelle, fuhren mit den Booten die Küste entlang, warfen Netze aus und holten andere ein, gefüllt mit glitzernden Fischen, die nicht so groß, aber sehr lebendig waren. Er hätte nie gedacht, daß die Bauern so viel Fisch aßen.

Ein Waldstück zog sich bis zum Fjord hinunter, und von dort sah er, wie sie in den Buchten Netze auslegten. Sie redeten nicht viel miteinander, als wüßten sie, daß Fische besser hören als Menschen.

Der Wald bestand fast nur aus Linden. Eines Tages tauchten hier zwei Männer mit ihren Äxten auf und blickten sich um. Mit den Armen maßen sie den Umfang der Bäume und wählten einen aus, den sie zusammen mühelos umfassen konnten.

Dann hieben sie abwechselnd mit den Äxten auf den Baum ein, jeder auf seiner Seite und in verschiedener Höhe. Sie hatten Steine mitgebracht, mit denen sie eifrig wetzten und schliffen und sich dabei unterhielten. Aber sonst fiel Schlag auf Schlag, einer nach dem anderen, und bei jedem Schlag riefen sie laut »hoi«.

Sie hatten das ganze genau ausgerechnet, warfen regelmäßig prüfende Blicke zum Baumwipfel hinauf und schlugen danach so, wie es für den Fall des Baumes günstig erschien. Als sie das Holz knarren hörten, traten sie zur Seite und gingen ein Stück weg. Sie sahen stolz aus, als der Baum umstürzte, und der eine schneuzte sich mit zwei Fingern die Nase.

Etwa um die Zeit stand die Sonne am höchsten, und der Junge schaute ihnen nach, wie sie auf dem Pfad zum Dorf hinauf verschwanden, wo der Rauch von den Grützetöpfen aufstieg, falls sie nicht gerade Fisch brieten. Er ging den Waldrand entlang, um in die richtige Windrichtung zu kommen und zu riechen, ob es Fisch war. Er konnte den Geruch fast nicht ertragen, es roch zwar nicht ganz wie Mutters Fisch, aber beinahe so roch es doch.

Nach der Mittagsstunde kehrten die beiden Männer in den Wald zurück. Sie hatten besondere Messer mitgebracht, und sie schälten die ganze Rinde vom Baum. Er lag so kahl und nackt da, wie er noch nie einen Baum gesehen hatte, und er wollte es auch gar nicht sehen. Den Baum mußte es zutiefst schmerzen. Die Männer verwahrten die dünne und noch biegsame feuchte Rinde; sie sammelten die Stücke und nahmen sie mit ins Dorf, er wußte nicht, wofür.

Am nächsten Tag erschienen sie erneut mit den Äxten, hieben die Krone und die Äste ab, aber nach der Mittagsstunde kamen sie mit anderen Äxten, mit denen sie den Stamm bearbeiteten. Jetzt sah der Junge, was sie vorhatten. Die Linde wurde ausgehöhlt, ein langes, schlankes Boot sollte daraus werden, länger als das Boot seines Vaters. Der Vater hatte nie ein Boot ausgehöhlt, er besaß es von seinen Vorfahren.

Das Aushöhlen dauerte viele Tage. Wenn die Männer

mittags zu Hause waren, oder morgens, bevor sie kamen, und abends, nachdem sie gegangen waren, betrachtete sich der Junge ihre Arbeit, sah, daß alles immer feiner und glatter wurde. Da entstand ein Boot, leicht und wendig, und er hatte geglaubt, daß es immer schon Boote gegeben hatte.

Nun brach eine Zeit an, wo die Sonne fast ständig am Himmel war. Die alten Männer kamen aus dem Dorf und gingen zur Anlegestelle, sie deuteten auf den Fjord und auf die Sonne, einer hatte einen Stab dabei, auf den er schaute, und sie sprachen ungewöhnlich viel miteinander, und sie wurden sich nicht einig. Sie kamen nicht nur an einem Tag, sie kamen auch am nächsten und am übernächsten Tag und an noch einem Tag dazu. Ganz offensichtlich warteten sie auf etwas.

Inzwischen war das Boot fertig geworden, und sechs Männer hatten es zum Strand getragen, wo es auf ein Gerüst gelegt wurde, damit es trocknen konnte. Ein Dach aus Zweigen wurde darübergebreitet, damit die Sonne nicht direkt auf das Holz brannte, aber der Wind zum Trocknen vorbeistreichen konnte. Er hatte sofort verstanden, was sie vorhatten, die Gänsedärme, die er getrocknet hatte, waren auch im Wind trocken geworden. Der Wind besaß eine große Macht, eine andere Macht als die Sonne. Auf nichts konnte man verzichten: weder auf Sonne noch Wind, weder auf Hitze noch Frost.

Als der Frost einmal ausgeblieben war, hatte seine Mutter ihnen erzählt, seien die Tiere so groß geworden, daß nicht mehr Platz genug für sie alle war.

Dem Jungen ohne Namen war jedenfalls klar, daß sie sicher auf das Schiff warteten, das im letzten Jahr dagewesen war.

Jetzt konnte er fast nicht mehr warten.

Eines Morgens beobachtete er, wie ein älterer Mann und ein junger Mann aus dem Tor kamen, das dem Sonnenaufgang zugewandt war. Sie hatten Geräte bei sich, mit denen sie ein Loch in die Erde gruben, und sie richteten sich ein.

Der junge Mann holte noch einen großen Korb Holzkohle aus dem Dorf, und der ältere Mann legte die Kohle in die Grube. Der junge Mann hatte ein Gerät, mit dem er blasen konnte.

Sie preßten die beiden Teile des Geräts zusammen, und es entstand eine kleine Staubwolke; dann entfachten sie ein Feuer, brachten es in die Nähe der Kohlengrube und bliesen es tüchtig an. Da stieg Rauch auf, und der Junge sah, daß die Holzkohle Feuer fing. Die Rauchschwaden wurden groß, aber Rauch und Funken trieben weg vom Dorf. Sie hatten sicher Angst, dort etwas anzustecken. Der junge Mann blies, und der Ältere, der – abgesehen von einem Spitzbart – kahlköpfig war, legte seine Werkzeuge auf dem Boden zurecht. In die Mitte, nahe an die glühende Grube, stellte er ein großes Gerät. Es war in einen Baumstumpf gerammt worden, und der Junge ohne Namen war überzeugt, daß es dazu diente, darauf zu hämmern.

Der ältere Mann nahm nun ein Stück Metall und legte es ins Feuer. Mit einem Werkzeug holte er das Metall wieder heraus, legte es auf das große Gerät und hämmerte darauf, während es noch glühend war. Das hatte sich der Junge nicht vorgestellt. Nun formte es der ältere Mann. Es glich einer Speerspitze, fand der Junge, aber er war sich nicht sicher. Die Bauern besaßen die Herrschaft über das Feuer. Das hatte er nicht gewußt.

Er konnte sich der Stelle, wo die zwei Männer arbeiteten, nicht weiter nähern, denn man hätte ihn vom Dorf aus gesehen, wenn er gleich beim Waldrand stand. Auch frühmorgens war es nicht möglich, mehr zu erfahren, denn keiner der beiden Männer ging am ersten Tag hinein ins Dorf. Man brachte ihnen kleine Schüsseln, wahrscheinlich mit Grütze gefüllt, dazu zwei Fische auf Blättern und einen Krug Wasser. Die beiden Männer aßen am Boden neben der Feuergrube, beim Essen redeten sie miteinander. Niemand wagte, zu ihnen herauszukommen. Frauen, Männer und Kinder beobachteten sie vom Tor aus, aber keiner ging hinaus. Das Essen wurde auf halbem Wege zwischen Tor und Arbeitsplatz abgestellt.

So vergingen viele Tage. Der Junge ohne Namen spürte eine Unruhe in sich, wie er sie noch nie gekannt hatte.

8

Niemand hatte ihn bis jetzt gesehen, niemand ahnte, daß er um das Dorf und seine Felder herumstreifte und vom Waldrand aus alles beobachtete, was geschah. Den Bauern wollte er sich nicht zeigen, nur den Fremden, wenn sie kamen.

Plötzlich waren sie da.

Er hatte kurz vor Sonnenaufgang in einem Bach eine Forelle gefangen. Die Männer, die gewöhnlich schon früh zum Strand hinuntergingen, das Boot ins Wasser schoben und hinausruderten, um die Netze nachzusehen, waren auch diesmal mit dem ersten Sonnenstrahl draußen. Da erhob sich plötzlich einer der Männer im Boot, nicht der vorderste, sondern der hinterste, und deutete in den Fjord hinein. Die drei anderen drehten die Köpfe, erhoben sich, das Boot schwankte, dann sprachen sie miteinander, dann formte einer die Hände vor dem Mund und rief etwas.

Der Junge ohne Namen verstand auf die Entfernung nicht, was sie sagten und mehrmals wiederholten. Sie setzten sich wieder und paddelten weiter hinaus. Sie beschatteten die Augen mit den Händen, offenbar sahen sie etwas weit drinnen im Fjord.

Das Tor, das zur Anlegestelle hin lag, öffnete sich.

Als erstes erschien eine junge Bauersfrau, ihre Haare waren zu Zöpfen geflochten, die sie um den Kopf geschlungen trug, wie die, die er an der Quelle getroffen hatte. Sie ging aber nur einige wenige Schritte und hielt mit den Händen über den Augen Ausschau nach den Männern im Boot. Kurz darauf kam ein Mann mit einem kleinen, krummen Horn in der Hand.

Er lief sofort zur Anlegestelle hinunter, wo er mit den Händen vor dem Mund den Bootsleuten etwas zurief, und sie riefen zurück. Es widerhallte vom Wald gegenüber. Es schallte weit in den Fjord hinein und von Küste zu Küste.

Als er genug gehört hatte, setzte er das kleine, krumme Horn an die Lippen und blies einen schnarrenden, dunklen Laut, er zog den Laut so in die Länge, wie es der Junge ohne Namen noch nie gehört hatte. Sein Vater hatte für ihn und die Schwester Flöten aus Weidenästen und Schilfrohren geschnitzt, aber die sangen wie die Lämmer bei den Bauern, zittrig, wie wenn man sich die Nase zuhält und bläst.

Der Mann mit dem Horn ging zurück zum Dorf, und drei Männer kamen ihm entgegen und hörten, was er zu sagen hatte. Dann redeten sie viel hin und her. Einer widersprach dem andern, sie schwiegen, sagten etwas anderes und einigten sich. Schließlich stimmten sie völlig überein und nickten ganz eifrig. Die Männer draußen im

Boot warteten ab und riefen gelegentlich etwas hinüber ans Land.

Einer der großen Vögel, die die Bauern nun um sich hatten, saß oben auf der Dorfumfriedung und krähte, auf der anderen Seite des Dorfes krähte ein zweiter. Die Vögel kamen aus dem Tor heraus und pickten eifrig in der Erde.

Der Mann mit dem Horn verschwand im Dorf, während die übrigen hinuntergingen zur Anlegestelle. Bald hörte man drinnen im Dorf ein Rufen und Schreien, etwas wurde angeordnet, und alle waren daran beteiligt.

Als die Frau, die immer die Kühe in den Wald trieb, mit der Herde erschien – einige Kälber waren dabei, die ständig am Euter der Mütter saugen wollten –, trat der Mann mit dem Horn zusammen mit einem anderen Mann an das Tor und rief der Hirtin etwas zu. Sie blieb stehen, bahnte sich einen Weg in die Herde und holte ein Kalb heraus. Es wurde an den Torpfosten gebunden, wo es unwillig scharrte, weil es der Mutter folgen wollte. Dann kamen andere Männer mit langen Holzscheiten heraus und legten sie neben dem zweiten Torpfosten auf den Boden.

All das beobachtete der Junge vom Wald aus, obwohl es ihn nichts anging.

Jetzt kam das fremde Schiff hinter dem Wald bei einer Landzunge in Sicht. Es hatte ein rotgolden gestreiftes Segel und wurde allein vom Wind getrieben. Die Ruderer hatten ihre Riemen in die Dollen eingezogen und schauten stehend hinüber an Land. Das Schiff lag hoch im Wasser, es trug keine schwere Last.

Im Vorsteven stand ein Mann in einem blauen Gewand. Neben dem Steuerruder stand ein Mann in einem roten Gewand. Ihre Gesichter waren nicht zu erkennen. Aber keiner von ihnen war der Bruder seines Vaters, das spürte der Junge sofort. Das Herz wurde ihm schwer.

Das Schiff fiel ab auf der Mitte des Fjordes, und das Segel flatterte ein bißchen. Der Steuermann drehte kräftig am Steuerruder, und das Schiff glitt geradewegs auf die Anlegestelle zu. Man hörte die fremden Stimmen, sehr voll in ihrem Klang, die Ruderer lachten hin und wieder und schauten hinauf zum Dorf, wo es am Tor vor Menschen wimmelte.

Kurz vor der Anlegestelle fiel das Segel herunter und faltete sich von selbst. Der Steuermann begab sich die Bordwand entlang nach vorne und ging über eine schmale Planke, die man angelehnt hatte, von Bord, ohne mit dem Wasser in Berührung zu kommen. Er sprang an Land und streckte seine Arme den vier Bauern, die hier standen, entgegen.

Der Mann mit dem Horn zwirbelte seinen Bart und sagte nichts, bis ein junger Mann mit einem Gegenstand in den Händen über die Planke herunterkam, den er zwischen dem Steuermann und den Bauern abstellte. Da winkte der Bauer mit dem Horn zum Tor hinauf, ein Mann erschien, band das Kalb los und führte es herunter, während sich ein anderer Mann die langen Holzscheite auf die Schulter lud. In der Hand trug er eine Fackel, um Feuer zu entfachen. Die vier Fischer verfolgten das Geschehen von ihrem Boot aus.

Das Kalb und das Brennholz waren nun da, aber der Fremde und die Bauern hatten noch kein Wort miteinander gesprochen. Jetzt trat der Bauer mit dem Horn nach vorne, sagte ein paar Worte und spuckte auf den Boden, und der Fremde trat nach vorne, sagte mit gesenktem Haupt ein paar Worte und spuckte auf den Boden. Danach begann der Fremde laut und herzlich zu lachen, der Bauer lächelte, und der Fremde faßte den Bauern am Arm und führte ihn zu dem Geschenk, das sie dem Dorf mitgebracht hatten. Es war ein Gefäß aus Metall mit kleinen Bechern und eine Kanne, in die der junge Mann, der das Geschenk an Land getragen hatte, aus einem Tonkrug einschenkte. Die Bauern und der Fremde hoben nun die Becher und tranken daraus, und nach einer Weile lachten alle Bauern, und das übrige Dorf näherte sich Schritt für Schritt: Männer, Frauen, junge Mädchen, Rotznasen.

An Bord standen die Ruderer und aßen etwas, das den Jungen an das Brot erinnerte, das er einmal gekostet hatte.

Jetzt wurde am Strand das Feuer hergerichtet und angezündet, und der Mann mit dem Horn schlachtete das Kalb. Er erstach das Kalb mit einem spitzen Messer, das Blut wurde in einer Schale aufgefangen, in die sofort noch etwas geschüttet wurde. Der Junge konnte nicht alles sehen.

Dem Kalb wurde das Fell abgezogen und die Eingeweide herausgenommen. Das Herz wurde aufgehoben und auf einem anderen, kleineren Feuer neben dem großen gebraten. Und das Kalb wurde langsam gebraten, gedreht und gewendet von zwei Männern, die sich darauf verstanden oder jedenfalls so taten, man sah es an ihrem Eifer.

Jeder aus dem Dorf und vom Schiff bekam einen Bissen, als das Essen fertig war, jeder stand bei den Seinen, nur der Steuermann und die vier ersten Bauern standen beisammen. Die Fischer in ihrem Boot ruderten an Land, sobald sie merkten, daß es etwas zu essen gab, die Ruderer des Schiffes redeten viel miteinander, sie aßen argwöhnisch, schielten aber des öfteren nach den jungen Mädchen mit den um den Kopf geschlungenen Zöpfen.

Der Onkel war nicht dabei, aber es war dasselbe Schiff. Der Steuermann mußte den Onkel kennen. Ihm mußte er sich verständlich machen. An ihn mußte er herankommen. Er mußte ein Geschenk besorgen, das er bei den

Zelten, die sie aufschlagen würden, hinlegen konnte, an eine Stelle, wo sie wußten, daß es ein Geschenk war und kein Opfer für einen Erdgeist, das liegenbleiben mußte, bis es verschwand.

Auf seiner Wanderung hatte er am Strand faustgroße Klumpen entdeckt, seine Mutter hatte ihm und der Schwester davon erzählt. Es war etwas Kostbares, und wenn man daran rieb, zog es Haare an, und wenn man kräftig genug rieb, sträubten sich sogar die Augenwimpern. Die Mutter hatte ein winziges Stück dieses durchsichtigen Steins in ihrem kleinen Lederbeutel, in den auch die drei roten Federn gehört hätten, und sie meinte, der Stein ziehe das Böse aus den Knochen, wenn sie schmerzten, die Heiserkeit im Hals verschwinde auch, und die Muttermilch schieße in die Brüste, wenn die Frauen stillen wollten.

Er konnte die Steine nicht auf der Wanderung mit sich tragen, aber er konnte sie für den Fremden holen.

Als die Zelte an Land gebracht und auf der Wiese beim Wasser aufgeschlagen worden waren, hatte die Sonne noch nicht den höchsten Stand am Himmel erreicht. Der Junge folgte dem Waldrand entlang zur Meeresküste und begann, nach den Klumpen zu suchen, die er so leicht gefunden hatte, als er sie nicht benötigte, die aber jetzt wie vom Erdboden verschluckt schienen.

Was er fand, war entweder zu klein oder das Licht schien nicht hindurch. Er bedauerte, daß er nicht früher ein paar Steine gesammelt und unter einen Baum gelegt hatte, wo er sie gut wiederfinden konnte. Ohne Geschenk war keine Unterredung mit dem Steuermann möglich.

Aber der Kummer half. Plötzlich sahen ihn die Klumpen an und gaben sich zu erkennen. Es war in einer winzigen Bucht an der langen, geraden Meeresküste, wo die Strömung vorbeitrieb.

Hier war etwas Schwarzes, wie Holzkohle, angespült worden, und hier lagen die Klumpen: Einer war ganz durchsichtig, in einem anderen war eine kleine Mücke oder Fliege, und einer war weiß und nicht durchsichtig, aber glatt und gut anzufühlen. Er flocht aus zähem Strandgras einen kleinen Korb und legte die Klumpen hinein. Das sollte sein Geschenk sein.

Dann saß er am Strand und machte Abdrücke von seinen Händen in den Sand, er zeichnete mit den Fingern große Bilder, von dem Wolf, dessen Fell er trug, vom alten Baummarder und von Vater, Mutter und Schwester im Gildenhaus der Baummarder. Er zeichnete auch den Mann, der auf Eisen hämmerte, er zeichnete sogar das Geräusch, das dabei entstand.

Inzwischen überlegte er, wo er das Geschenk hinlegen könnte und in welcher Entfernung er sich verstecken sollte, um zu sehen, ob sie es holten und dafür ein Geschenk für ihn ablegten, damit er sich sicher fühlen konnte.

9

In dieser Nacht schlief der Junge ohne Namen am Strand, und noch vor der Morgendämmerung begab er sich zur Anlegestelle. Auf halbem Wege mußte er im Wald Zuflucht suchen, zwei Boote glitten den Strand entlang, um auf den Robbenbänken Seehunde zu jagen.

Sie hatten lange Stangen dabei mit eisernen Spitzen, die hinten aus dem Boot ragten. Sie sprachen kein Wort und steuerten die Boote vom Meer her auf die Bänke zu, um so die Seehunde, die mit ihren Jungen auf den Sandbarren dösten, zu überraschen.

Bei der Anlegestelle trugen Männer und Frauen trockenes Holz zu einem Haufen zusammen, und vom Schiff wurden große Kessel geholt.

Draußen bei der Mündung des Fjordes kam ein Ruderschiff zum Vorschein, das bis zur Bordkante beladen war. Es kam offensichtlich von einer Küste weiter oben. Die Bauern, die am Ufer standen, deuteten auf das Schiff und redeten darüber, als sei es etwas Neues.

Er mußte sein Geschenk dicht neben dem Eingang des großen Zeltes ablegen, auf dem Pfad zur Anlegestelle hinunter. Er mußte es bei Morgengrauen machen, wenn die Wache nicht mehr aufpaßte. Er mußte durch das hohe Gras kriechen, von Busch zu Busch, aber vorher mußte er im Schutze der Nacht am Dorf vorbeischleichen und dann hinter einem dichten Gestrüpp warten.

Er war zu müde, um weiterhin zu beobachten, was geschah. Er wollte schlafen, bis die Nacht einbrach, und kletterte auf eine Eiche hinauf, wo er schlafen konnte.

Den Korb mit den durchsichtigen Klumpen hatte er in einer Höhle unter dem Baum versteckt.

Einige Zeit später erwachte er, weil er Stimmen hörte. Zwischen den Bäumen erblickte er den Steuermann, der langsam näherkam und sich umsah: hinauf in die Baumkronen, hinunter ins Gras zwischen den Stämmen, hinaus zum Meer, und er redete mit dem jungen Mann, der das Geschenk für die Bauern gebracht hatte. Der Junge hörte, wie sie miteinander redeten, nicht laut, sondern ruhig und friedlich. Sie suchten nicht nach ihm. Sie suchten etwas anderes, er wußte nicht was. Vielleicht suchten sie auch gar nichts und schauten sich nur um, ohne für das, was sie sahen, eine Verwendung zu haben.

Aber ihn sahen sie nicht. Sie spürten seinen Blick nicht. Das war seltsam. Er würde jeden Blick spüren, der auf ihn gerichtet war, selbst wenn es bloß der einer Maus war.

Die Stimmen der beiden verschwanden, kehrten aber zurück. Sie redeten wie vorher miteinander und blieben oft stehen.

Der Steuermann pflückte Blumen und betrachtete sie, er drehte sie hin und her und sagte etwas dazu. Von seiner Mutter hätte er eine Menge erfahren können über die Kraft der Blumen.

Als der Junge ihre Stimmen nicht mehr hörte, wollte er wieder schlafen, aber er konnte nicht einschlafen. Er dachte an die beiden, die so geruhsam durch den Wald spazierten, als sei es ihrer, und als drohe keinerlei Gefahr. Sie waren unbewaffnet. Sie hätten sich nicht verteidigen können. Vielleicht konnten sie mit der Gefahr reden und sie beruhigen. Vielleicht konnten sie sie beschwören.

Nach Mitternacht wartete er am Waldrand. Ein einzelner Hund kläffte noch im Dorf, und in einem der Häuser schrie ein kleines Kind, aber er konnte unbemerkt um das Dorf herumgehen.

Im Lager der Schiffsleute herrschte noch ein lautes und fröhliches Treiben. Ihre Stimmen waren weithin hörbar. Sie fühlten sich offenbar überall zu Hause und kannten keine Furcht. Als er auf der anderen Seite des Dorfes anlangte, erblickte er im Schein der Feuergrube den Mann, der das Eisen hämmerte.

Als er näherkam, erkannte er das Gesicht des Schmiedes, der hinter dem Feuer lag. Der Schmied hatte eine lange Narbe auf der Stirn. Er schlief auf seinem linken Arm und schnarchte ganz leise. Hinter ihm saß der junge Mann mit geschlossenen Augen. Er hatte noch nicht einschlafen können. Die beiden schliefen nicht im Dorf. Sie hielten sich abseits, vielleicht, weil sie schon vor dem Morgengrauen mit dem Hämmern von Werkzeugen begannen, für die, die auszogen, um Seehunde zu töten. Sie dachten nicht daran, daß die Welt ohne Seehunde nicht bestehen kann.

Der Junge erreichte lange vor der Dämmerung das Gestrüpp, die Wache saß noch am Feuer beim großen Zelt und gähnte ab und zu. Der Mann stützte sich auf seinen Speer, und wenn er nicht gähnte, summte er ein kleines Lied und befeuchtete die Lippen mit der Zunge. Er sah nicht gefährlich aus, aber wenn er etwas hörte, weckte er wahrscheinlich die anderen.

Als es zu tagen begann, fiel ihm der Kopf wie vermutet mehrmals auf die Brust, bis ihn schließlich der Schlaf übermannte und ein langgezogenes, rollendes Schnarchen ertönte. Jetzt hörte man, wie es überall schnarchte. Kurze Zeit später erwachte der Mann mit einem Ruck, als ihm das erste Licht blendend ins Gesicht schien. Er blinzelte erstaunt, sah den Fjord und das Land auf der anderen Seite und begriff offenbar nicht, was ihn das anging. Er schloß nicht nur die Augen, er legte sich sogar hin und schnarchte bald wieder.

Der Junge wagte sich nicht zu der Stelle, die er für sein Geschenk ausgesucht hatte. Es konnte ja aus irgendeinem Anlaß jemand aus seinem Zelt kommen, und der würde ihn sofort entdecken. Er kroch durch das hohe Gras der Wiese, von Busch zu Busch, und beobachtete genau, was im Dorf, bei den Zelten, an der Anlegestelle und draußen auf dem Wasser vor sich ging. Beim vorletzten Busch tauchte in der Ferne im Fjord ein schwer beladenes Boot auf. Es steuerte auf die Anlegestelle zu, wo das Holz gestapelt war, wo Kessel bereit standen und Gestelle errichtet waren für die Seehunde und die Felle, die geschabt und getrocknet werden mußten, und über allem lagen große gewebte Tücher zum Schutz gegen Möwen und andere gierige Vögel.

Der Junge kroch rasch bis zum letzten Busch, wartete ein bißchen, blickte sich um, kroch das letzte Stück bis zum Pfad, blickte sich erneut um, nahm den Korb mit beiden Händen und stellte ihn so auf den Pfad, daß man ihn bei der ersten Gelegenheit sehen mußte.

Dann kroch er zum Busch zurück. Da kam bereits der erste Mann heraus, stellte sich abseits des Zeltes hin und pinkelte. Der Junge hätte es nicht für möglich gehalten, daß so viel Flüssigkeit in einem Menschen sein konnte. Der Mann gähnte, sah sich um und bemerkte die schlafende Wache. Er hob einen kleinen Stein auf, warf ihn und traf die Wache leicht am Rücken. Die Wache fuhr in die Höhe und schaute herum, ohne jemanden zu entdecken. Der Mann, der den Stein geworfen hatte, war schon wieder auf sein Lager zurückgekehrt.

Jetzt schlich sich der Junge zurück ins Gestrüpp, das so dicht war, daß man nur flach darin liegen konnte, und hier würde ihn niemand entdecken, hier war er sicher und würde den ganzen Tag warten, bis das Geschenk gefunden und in das Zelt des Steuermanns gebracht worden war oder dahin, wo er sich sonst aufhielt. Es sah so aus, als würde an diesem Tag in der Umgebung der Anlegestelle eine Menge geschehen. Kein Baum behinderte hier das Leben und Treiben der Menschen, es gab nur einige sumpfige Mulden und den schmalen, schnell fließenden Bach weiter oben im Wald, wo sie ihr Wasser holten.

Bei Tagesanbruch krähten die fremdartigen Vögel, und kurze Zeit später hörte er die Hammerschläge des Schmiedes. Die ersten Ruderknechte kamen aus ihrem Zelt, hockten sich ins Gras und fuhren sich durch Haar und Bart. Sie redeten nicht miteinander, aber dann kam ein Mann, der das Feuer anblies, einen Dreifuß aufstellte und daran ein Gefäß hängte. Aus dem Zelt holte er einen Krug und goß Milch in das aufgehängte Gefäß und dazu etwas Zähflüssiges, wahrscheinlich Honig. Er rührte um, und die Ruderknechte streckten ihre Nasen in die Luft, so herrrlich duftete das Getränk. Dann holte der Mann, der das Feuer angefacht hatte, ein Tuch und legte es auf den Boden, es war nahezu weiß und sehr glatt, und in die Mitte des Tuches legte er das, was die Bauerntochter Brot genannt hatte. Die Männer setzten sich außen herum, sie sahen froh aus, sie genossen es, sie fingen an, miteinander zu reden, und bald lachten sie, sie hatten nichts zu tun. Es sah gut aus.

Sie tranken das Getränk aus einer offenen Kanne, ließen es von Mund zu Mund gehen, während der Mann, der das Feuer entfacht hatte, noch Milch wärmte. Die Milch schien ihnen nicht auszugehen, sie mußten viele Krüge von den Bauern bekommen haben, den Honig hatten sie wohl selber mitgebracht. Es gab niemanden, der so früh im Sommer Honig sammelte.

Als die ersten mit dem Essen fertig waren, kamen die nächsten, wer fertig war, machte sich auf den Weg zur Anlegestelle, wo man das Schiff an Land gezogen und mit langen Stangen abgestützt hatte. Jetzt konnte man sehen, wie groß es war, größer als das Haus von Vater und Mutter, groß genug für viele Menschen und eine schwere Last.

Der erste, der den Pfad betrat, war noch verschlafen und ging am Geschenk vorbei, aber der nächste bemerkte es, kniete sich hin und entdeckte die durchsichtigen Klumpen. Er berührte sie nicht, er begriff, worum es sich handelte, er sah erfreut aus und rief den, der eben vorbeigegangen war.

Auch der, der nach ihm kam, blieb stehen und schaute über die Schulter des Vordermanns in den Korb, und als sie sich am Anblick der vielen Klumpen ergötzt hatten, blickten sie hinauf zum Zelt des Steuermanns und redeten miteinander. Ginge es nicht um seinen Namen, hätte die Bauerntochter alle Klumpen kriegen müssen, um jeden Tag, wenn die Sonne schien, hindurchzuschauen.

In der Zwischenzeit war der Steuermann vor seinem Zelt erschienen, frisch und ausgeschlafen. Er bemerkte die drei Männer auf dem Pfad und ging schnurstracks zu ihnen hinunter. Die Männer traten zur Seite, und er kniete sich sofort nieder und nahm einen Klumpen nach dem andern heraus, hielt sie in der Hand, wog sie, hielt sie ins Licht und wiederholte jedesmal verwundert und erfreut einen Ausdruck, den der Junge ohne Namen seither nie mehr vergaß.

Der Steuermann war außerordentlich erfreut.

Eigenhändig trug er das Geschenk hinauf zu seinem Zelt, er rief nach dem Mann, der ihn immer begleitete und zeigte ihm die Klumpen. Und als sie die Klumpen erneut betrachtet und bewundert hatten, wies der Steuermann mit der Hand in alle Himmelsrichtungen, und das hatte wohl seine Bedeutung.

Dann verschwand er im Zelt und kam kurz darauf mit einem Ding, das in ein Tuch gewickelt war, wieder heraus. Er ging selbst zu der Stelle, wo der Korb mit den Klumpen gestanden hatte. Mit dem einen Knie auf dem Boden legte er sein Geschenk dahin, wo das Gras vom Korb niedergedrückt worden war. Dann hielt er die Hände segnend über das Geschenk, damit Friede mit ihm war, wie der Junge ohne Namen sofort begriff.

Er hätte sich jetzt zeigen können, aber es sollte noch etwas Zeit verstreichen.

Ein Teil des Tages, aber nicht der ganze.

Dann, wenn die Sonne tief über dem Wald stand, wollte er sich zeigen.

10

Es gehörte sich, daß er unbemerkt zur Stelle kam, wo er das Geschenk hingelegt hatte.

Als die Sonne ihren höchsten Stand am Himmel erreicht hatte und die Ruderknechte aßen, kroch er zum nächsten Busch. Dort mußte er warten, denn nun standen sie auf, gingen ein paar Schritte, pinkelten, rülpsten und räusperten sich. Als sie sich hingelegt hatten und schliefen, kroch er einen Busch weiter. Auf dem Pfad von der Anlegestelle zum Dorf waren ständig Bauern unterwegs, und aus den Häusern hörte man Kindergeschrei. Bei den großen Kesseln, in denen die getöteten Seehunde sehr langsam gekocht wurden, waren die ganze Zeit zwei Bauern damit beschäftigt, das Feuer in Gang zu halten, das an den Seiten emporflackerte. Die Frauen waren auch an der Arbeit beteiligt, sie schabten morgens die Felle und rieben sie mit einer weißen Erde ein, die aus Steilhängen gegraben und von den Kindern zu einem feinen Pulver zerstoßen wurde.

Aber während der Mittagsstunde waren alle mit Ausnahme der Feueraufpasser verschwunden.

Er ließ die Zeit verrinnen und kroch hin zu der Stelle, als sich der erste Ruderknecht zu regen begann.

Er hockte sich vor das eingewickelte Geschenk und rührte sich nicht. Er sah nur die Schatten der Grashalme, die sich drehten, sah den Schatten einer vorbeifliegenden Möwe, sah die Ameisen, die schwer beladen herumkrabbelten.

Einer der Ruderknechte sagte plötzlich in seiner schönen Sprache »Salve Iodoce«, ein zweiter, der sich noch nicht erhoben hatte, antwortete ihm, sie wurden munter, und der Junge hörte, daß sich die Ruderknechte erhoben. Sie waren plötzlich ziemlich schnell auf den Beinen. Sie redeten über ihn. Er bewegte sich nicht. Er wartete auf den Steuermann. Mit ihm und sonst keinem wollte er reden. Da kam einer näher, er sah die dunklen Haare auf seinen Armen. Der Mann sprach herunter zu ihm.

Es könnte einer von denen sein, die ihn voriges Jahr festgehalten hatten. Der Mann ging in die Hocke. Er hatte dunkles, lockiges Haar, einen kurzen Kinnbart und dunkle Augen, er hatte eine dunkle Haut, wie die meisten von ihnen. Er sprach auf ihn ein. Er war zwar freundlich, aber er hatte nichts damit zu tun.

Jetzt kamen auch zwei Männer vom Dorf. Der Junge vernahm ihr Bauerngetrampel. Einige Schritte entfernt blieben sie stehen, sagten ein paar Worte und noch ein paar Worte, dann gingen sie weiter, an ihm und dem Ruderknecht vorbei, der immer noch dasaß und eindringlich zu ihm sprach. Aber der Mann hatte sich hier nicht einzumischen.

Der Junge versuchte zu verbergen, daß er tief Luft holte, sie sollten nicht glauben, daß er Angst hatte oder sich von ihnen erschrecken ließ.

Schließlich hörte er die Stimme des Steuermanns, er redete mit dem Mann, der ihn begleitete, er sprach eifrig und lief rasch durchs Gras, man hörte das Rascheln seines Gewandes.

Jetzt stand er vor ihm, er sagte ein paar Worte zu ihm.

Der Junge wollte sich noch nicht erheben. In ihm riet die Mutter, sich nicht zu erheben.

Der Mann wiederholte seine Worte ohne Verärgerung, eher freundlich, sehr freundlich. Aber er erhob sich auch diesmal nicht.

Da streckte ihm der Mann eine Hand hin und sagte das gleiche nochmals, und er erhob sich, schaute dem Mann aber nicht in die Augen, obwohl er seine Augen sah. Das solle er nie tun, hatte seine Mutter immer gesagt. Er sollte seine Augen ansehen, aber nicht hineinschauen, obwohl der Mann ihm in die Augen schaute und lächelte und sehr freundlich war, das sah er nicht nur, er spürte es.

Er hielt das noch eingewickelte Geschenk in der Hand. Der Mann deutete darauf und sagte etwas. Dann wiederholte er es in einer anderen Sprache, vielleicht in der Sprache der Bauern. Er verstand einzelne Worte, aber nicht genug, um den Zusammenhang zu verstehen.

Da versuchte es der fremde Steuermann in einer Sprache, die der seinen ähnelte, der alten Baummardersprache, die sein Vater und seine Mutter gesprochen hatten und die immer vom Clan der Baummarder gesprochen worden war.

Der fremde Steuermann sagte zu ihm: »Mein Friedensgeschenk an dich ist ein Jagdmesser aus dunklem und hellem Metall, es kommt aus einer Stadt, die viele Segelstunden von hier entfernt liegt.«

Der Junge ohne Namen antwortete nicht, er nickte nur.

»Auf dem Griff sind wilde Tiere abgebildet«, sagte der Steuermann.

Der Junge mußte lächeln. Es gab keine wilden Tiere. Nur der Mensch war wild. Aber das wollte er nicht sagen.

»Komm«, forderte ihn der Steuermann auf, faßte ihn um die Schulter, und führte ihn hinauf zum Zelt. Der Mann, der ihn stets begleitete, kam auch mit.

Als sie im Zelt waren, zeigte ihm der Steuermann den Korb mit den Klumpen. Er rühmte sie sehr, er sagte, daß er gerne mehr davon hätte, aber der Junge ohne Namen schüttelte den Kopf. Er wollte keine mehr suchen.

Der Steuermann und der Mann, der ihn stets begleitete, sprachen zusammen in ihrer eigenen Sprache. Der Junge wunderte sich, daß der Steuermann auch seine Sprache sprechen konnte, zwar nicht ganz, aber so ungefähr. Hatte er das vom Bruder seines Vaters gelernt?

Jetzt fragte ihn der Steuermann, was er mit seinem Geschenk beabsichtige.

Der Junge antwortete: »Mein Onkel vom Clan der Baummarder war im vergangenen Jahr um dieselbe Zeit hier. Er ist der einzige Verwandte, der mir einen Namen geben kann. Ich bin ein Junge ohne Namen. Wie soll ich ein Mann werden, wenn ich keinen Namen habe, der sagt, wer ich bin.«

Jetzt redete der Steuermann völlig überrascht mit seinem Gefährten in ihrer eigenen Sprache. Der Gefährte schüttelte erstaunt den Kopf. Ja, er atmete tief und seufzte. Seine Augen wurden groß, und er lächelte verwundert.

»Führe mich zu meinem Onkel, oder führe ihn zu mir, deshalb bin ich gekommen«, sagte der Junge ohne Namen.

Der Steuermann ließ ihn reden.

»Ich bin drei Mondwechsel lang von dort, wo ich wohne und hingehöre, gewandert, um meinen Onkel zu treffen. Ich möchte ihm berichten, daß mein Vater, meine Mutter und meine Schwester, die letzten des Clans, an die ich mich wenden konnte, im Feuer ums Leben gekommen sind, das von den Bauern, die uns nicht als Menschen betrachten, gelegt wurde.«

»Dein Onkel ist sehr weit weg«, sagte der Steuermann jetzt und schaute ihn an.

Der Junge schüttelte den Kopf: »Weit weg hat keine Bedeutung für den, der keinen Namen hat. In welche Richtung soll ich gehen? Was werde ich unterwegs sehen?«

Der Steuermann schüttelte den Kopf.

»Du mußt mit uns aufs Schiff, wenn wir nach Hause segeln. Dann gelangst du am schnellsten zum Bruder deines Vaters. Die Reise ist lang, und die See kann ziemlich grob werden. Traust du dir das zu?«

Der Junge ohne Namen öffnete seine Hände und lächelte, er lächelte nicht dem Steuermann zu, sondern weil er daran dachte, daß er sicher nie nein sagen würde.

»Ich stehe im Dienst deines Onkels«, erklärte der Steuermann, »wir sind alte Gefährten, ich werde dich gut beschützen. Du wirst Kleider bekommen, die sich für dich als Brudersohn deines Onkels besser schicken, und du wirst mit mir und meinem Gefährten in unserem Zelt essen. Hier kannst du bleiben und dich wie im Haus deiner Eltern fühlen.«

Der Junge blickte zu Boden.

Dann schaute er sich im Zelt um. Auf dem Gras lagen Tücher, in denen man schlief. Die blaue Zeltbahn färbte alles blau, Fliegen summten in der feuchten Wärme aus Gras und Menschen.

»Ich habe einen Baum im Wald, wo ich schlafe. Dort werde ich bleiben, bis das Schiff abfährt. Ich werde darauf achten, wann ihr das Schiff ins Wasser schiebt.«

Der Steuermann schaute ihn an.

»Wie du willst«, sagte er, »komm, wann du willst. Ich und das Schiff werden dich zum Bruder deines Vaters bringen.«

Der Steuermann begleitete ihn hinaus.

»Wo steht der Baum, auf dem du schläfst«, fragte er, »damit ich dich finden kann, wenn es nötig ist?«

Der Junge schüttelte den Kopf.

Der Steuermann schwieg und ging ins Zelt.

Die Ruderknechte starrten ihn an. Er mußte an ihnen vorbei, dann kam die Wiese, die an den Waldrand grenzte. Er nahm den gleichen Weg wie die Bauersfrau, die jeden Morgen und jeden Abend das Vieh trieb.

Er senkte den Kopf, damit er ihre Blicke nicht sah. Er drückte das Geschenk an sich. Es war schwer, etwas zu schwer, um damit herzulaufen.

Er ging an ihnen vorbei. Einer rief ihm etwas hinterher, und sie lachten.

Auf dem Weg zum Wald begegnete er der Viehherde und der Bauersfrau, die ihren Faden spann. Er merkte, daß sie ihn neugierig betrachtete. Sie war ziemlich jung, aber älter als die, die er rauben wollte. Ihr Bauch war prall und stand vor. Sie war schwanger. Er wich zur Seite und ging hinein in den dunklen Wald. Sie blickte ihm nach. Vielleicht hielt sie ihn für ein unterirdisches Wesen. Vielleicht würde sie von ihm erzählen, wenn sie ins Dorf kam, und die Bauern würden in den Wald ziehen, um ihn aufzuspüren.

Vielleicht würde sie ihn aber gar nicht erwähnen, aus Angst, daß jemand meinen könnte, ihr wäre etwas geschehen, weil er an ihr vorbeigegangen war.

11

Von dem Baum aus, in dem er schlief, konnte er sowohl den Fjord als die Anlegestelle im Auge behalten. Er verließ seinen Beobachtungsplatz nur, wenn er etwas zu essen brauchte. In den Bächen gab es genug Forellen, alle sommerfett und träge, und die Beeren im Wald strotzten vor Saft. Dort, wo der Boden vom Wind ausgetrocknet und hart war, standen große Ringe von niedrigen, gelben Pilzen, und da, wo der Boden von Moos und Flechten bedeckt war, brachen braune, dickstielige Knollen durch, von denen die Mutter immer gesagt hatte, sie seien am besten. Er aß ganze Hände voll davon, sie schmeckten ein bißchen nach Nüssen.

Der Steuermann und sein Gefährte kamen auf ihren Spaziergängen regelmäßig vorbei. Beim Anblick der gelben und braunen Knollen geriet der Steuermann außer sich vor Begeisterung. Mit einer Handbewegung zeigte er, welch ungeheure Fülle von Pilzen hier wuchs. Er schlug sich an die Stirn, er lachte, und sein Gefährte schaute ihn verwundert und ein wenig mißtrauisch an.

Sie gingen nicht weiter, merkten sich nur die Stelle und eilten zu den Zelten zurück. Kurz darauf ertönten viele Stimmen, und angeführt vom Steuermann und seinem Gefährten kam eine Schar Ruderknechte mit Körben und Säcken.

Tief beeindruckt betrachteten sie die vielen Pilze, die sich in dichten Ringen über den Waldboden ausbreiteten. Dann holten sie ihre Messer hervor und schnitten die Pilze ganz unten ab, sie nahmen alle mit, auch die kleinsten, die sie in besondere Körbe und Säcke legten.

Sie hörten erst auf, als der Waldboden leergeräumt war

und sie die Körbe und Säcke fast bis zum Rand gefüllt hatten.

Die Ruderknechte schwatzten laut und vergnügt miteinander. Sie deuteten auf ihre Bäuche und zeigten, wie weit hinauf die Mahlzeit reichen würde, nachdem sie ihre Mägen gefüllt hatten. Mit Händen und Armen zeigten sie, wie groß sie werden würden und wie sehr sie nach dem Essen nach Luft schnappen müßten.

Der Junge verriet sich nicht. Nur ein Blatt fiel von der Eiche, als sie an ihm vorbeigingen, aber keiner sah hinauf in die Baumkrone, wo er sich versteckt hielt.

Einige Tage später sah er, wie die Ruderknechte die Stützen um das Schiff entfernten, Rollen unter das Heck schoben, und wie das Schiff von Seilen und Händen gelenkt nach den Anweisungen des Steuermanns ins Wasser glitt. Verankert und vertäut lag es nun in der Nähe des Strandes. Die Tonnen mit dem gesottenen Tran wurden an Bord gebracht und verstaut. Große Bündel mit Fellen wurden im Vorderschiff aufgestapelt und mit dicht gewebten Tüchern zugedeckt.

Er machte sich bereit.

An einer günstigen Stelle, wo die Pilze ganz dicht standen, sammelte er von beiden Sorten die kleinsten, und er flocht sich zwei geschlossene Körbchen, die er mitnahm, als er vom Waldrand aus beobachtete, wie die Ruderknechte die zusammengerollten Zelte zum Schiff trugen. Der Steuermann stand mitten in einer Gruppe von Bauern und plauderte. Er sprach alle Sprachen.

Zwischen der Anlegestelle und dem Dorf waren überall Bauern und schauten zu. Auf dem Zeltplatz wühlten bereits einige Schweine nach Futter, und die Hunde waren mit den Knochen beschäftigt, die sie im weiteren Umkreis des Feuers fanden.

Die würden ihm nichts tun, das war klar.

Der Steuermann stand nun ganz unten bei der Anlegestelle und verabschiedete sich von den Dorfbewohnern. Auf diesen Augenblick hatte der Junge gewartet, um die Wiese zwischen Wald und Anlegeplatz zu überqueren. Der Steuermann sah ihn kommen, winkte ihm zu, und als er nahe genug war, begrüßte er ihn sehr freundlich in der Sprache der Baummarder und sagte, daß er sich freue, ihn zu sehen.

Er vergaß die Bauern und nahm die Geschenke entgegen, die ihm der Junge überreichte. Er öffnete die Körbchen, und als er sah, was es war, ließ er ein genießerisches Uhm vernehmen.

Die Bauern sahen dem Jungen ohne Namen nicht ins Gesicht, aber er spürte ihre Blicke im Rücken, als er vor dem Steuermann an Bord ging, über die Bordwand stieg und, ohne jemanden anzusehen, an den Ruderknechten vorbei zum Platz des Steuermanns schritt. Da blieb er stehen. Niemand sagte etwas zu ihm.

Der Steuermann kam an Bord, gefolgt von seinem Gefährten, der die Laufplanke ins Schiff zog. Er ging zum Achtersteven, wo er die Körbchen mit den Pilzen in ein Fach stellte, das er auf besondere Weise verschließen konnte.

Der Junge ohne Namen hatte noch nie etwas Verschließbares gesehen. Es sah aus wie eine Falle.

Jetzt befahl der Steuermann, den Anker zu lichten und die Vertäuung zu lösen. Einige Ruderknechte stießen das Schiff vom Ufer ab und schwangen sich an Bord, die Riemen rutschten in die Dollen, und auf einen Ruf des Gefährten hin, der wie *agite* klang, wurden die Riemen ins Wasser gesetzt. Die Ruderer beugten sich nach vorn, legten sich in die Ruder, und das Schiff glitt rasch hinaus auf den Fjord. Nun rief der Gefährte erneut, und die eine Reihe der Ruderer hörte zu rudern auf, stemmte statt dessen mit den Riemen gegen die Fahrtrichtung, und das Schiff schwenkte, bog hinein in den Fjord und nahm Kurs gegen den Wind.

Die Bauern am Strand zerstreuten sich allmählich und gingen hinauf zum Dorf. Nur ein Hund kläffte noch dem Schiff hinterher. Die Ruderknechte fingen leise zu singen an, sie sangen abwechselnd, dunkle und helle Stimmen vermischten sich, und es war, als würden sie eine gemeinsame Sprache sprechen.

Eine frische Brise kräuselte die Wellen des Fjordes. Die Ufer waren bewaldet, aber an einigen Stellen war kein Wald, da befand sich ein Bauerndorf auf dem Höhenzug, und aus den Häusern stieg Rauch auf. Die Küste war manchmal so nah, daß man sehen konnte, wie die Bauern dem Schiff mit den Blicken folgten, so lange es ging. Der Junge hatte begriffen, daß die Dörfer großen Wert darauf legten, daß ein Schiff zu ihnen kam.

Der Steuermann redete mit ihm über die Reise und sagte ihm, wie viele Tage und Nächte sie vermutlich auf See unterwegs sein würden, und er erzählte ihm von dem Ort, wo sie ankommen würden und wo er seinen Onkel treffen sollte. Aber bis dahin würde er noch manche Küste und unendliches Meer sehen.

Er hatte keine Frage an den Steuermann. Er war müde. Er wollte schlafen. Er hatte Lust zu schlafen. Am liebsten würde er während der ganzen Reise schlafen, bis sie am Ziel waren.

Aber das wollte er nicht zu dem Steuermann sagen, der nicht über ihn zu bestimmen hatte. Er legte sich hin, bei der Bordwand auf die Planken und wandte dem Schiff den Rücken zu, und der Steuermann schwieg. Er nahm den

Geruch der Planken wahr, sie rochen nach Meer, Muscheln, Fisch und Tang. Er fuhr mit der Hand über das Holz, es war freundlich, das Schiff war freundlich zu ihm. Er hatte nichts gegen das Schiff, und es hatte auch nichts gegen ihn.

Er schlief ein. Er träumte von der Tochter des Bauern, er träumte, daß sie zu seiner Hütte kam, einen Vogel auf jeder Schulter und das Männchen, das krähte, auf dem Kopf. Sie hatte die Hände voller weißer und brauner Eier, und sie sang ein Lied, aber dann zerbrach der Traum, und er hörte nur, wie ihre Stimme sagte: »Weißt du, mit welchem Namen ich dich rufe?«

In diesem Augenblick wachte er auf, und er strich mit den Fingern über die Planken. Der Steuermann stand nicht am Ruder, er hörte seine Stimme vom Bug her, und als er sich aufsetzte, sah er, daß da ein Mann eine Schnur ins Wasser hielt, die er wie beim Angeln hochzog und wieder fallen ließ. Der Steuermann und sein Gefährte beobachteten den Mann und sprachen ab und zu ein paar Worte.

Der Tag ging offensichtlich zu Ende, die Sonne stand schon tief am Himmel, die Ruderknechte ruderten behutsam, das Schiff machte nur geringe Fahrt, vielleicht drückte die Last mittschiffs den Rumpf zu tief ins Wasser, so daß das Schiff bei den Sandbänken im Fjord Schwierigkeiten hatte. Auf solchen Sandbänken hatten er und die Schwester bei Ebbe Muscheln gesammelt.

Nun ertönte ein Ruf des Gefährten, und jeder zweite Ruderer zog den Riemen ein, die Fahrt wurde noch langsamer, und im Vorsteven angelten sie immer öfter.

Zwei der Ruderknechte zogen Stoffsäcke hervor und nahmen fettes, geräuchertes Fleisch und Fleisch, das in Därme gepreßt und geräuchert worden war, heraus. Das wurde zusammen mit hartem Brot an die Untätigen verteilt. Nachdem sie eine Weile gekaut hatten, ließen sie einen großen Krug herumgehen, aus dem jeder trank.

Sie boten auch ihm etwas an, aber er wollte nichts haben.

Nach einiger Zeit wurde gewechselt, und als die andere Gruppe gegessen und getrunken hatte, wurden Essen und Getränk wieder eingepackt.

Inzwischen klang auch das Gespräch zwischen dem Steuermann und seinem Gefährten am Vorsteven ruhiger und heiterer. Die kleine Kugel, die am Ende der Schnur hing, wurde eingezogen. Der Gefährte ließ einen Ruf ertönen, und die Ruderer legten sich tüchtig in die Riemen. Sie hatten einen Sund hinter sich gebracht und ein breites, offenes Fahrwasser erreicht. Weit draußen lag eine Insel, die er kannte, außerdem sah man einen engen Fjord und nochmals einen Sund. Das waren ihre Plätze. Hier hatten sie immer den Sommer verbracht.

Der Steuermann trat lächelnd zu ihm und sagte: »Wenn ich dir einen Namen geben sollte, ich glaube, ich wüßte schon einen. Du hast den ganzen Tag geschlafen, ohne dich zu bewegen. Ich würde dich ›Der schlafende Junge‹ nennen.«

Der Junge ohne Namen dachte darüber nach, und der Name schien ihm nicht unfreundlich. Er hatte nichts dagegen. Sie konnten ihn so nennen, aber es war nicht sein Name.

Er wollte sich wieder schlafen legen, aber der Steuermann setzte sich zu ihm und erzählte, daß sie demnächst im Schutz einer Landzunge anlegen und Anker werfen würden, um dort bis zum Morgengrauen zu schlafen. Bis dahin konnte er ja wach bleiben.

Der Steuermann berichtete ihm von einem großen, roten Felsen, der auf einer großen Insel dicht an der Küste lag, an der sie vorbei mußten, um den nächsten Sund zu erreichen.

Obwohl er sich eigentlich nicht mit dem Steuermann unterhalten wollte, deutete er auf das Wasser, wo im Schein der Abendsonne hohe Felsklippen leuchteten, und sagte: »Da unten gibt es viele Seehunde.«

»Gibt es da viele Seehunde?« fragte der Steuermann.

Der Junge ohne Namen fühlte, wie es in ihm brannte. Das hätte er nie sagen dürfen. Er mußte vorsichtig sein, auch wenn er noch so wenig sagte.

»Als mein Vater, meine Mutter und meine Schwester hier waren, gab es viele Seehunde«, sagte er, um seine Behauptung etwas abzuschwächen, »jetzt sind sie vielleicht alle tot.«

»Es gibt so viele Seehunde auf der Welt«, sagte der Steuermann, »Robbenfell ist gut für Stiefel und Wintermützen, der Tran bringt Licht in die Hütten.«

Der Junge ohne Namen schaute den Steuermann an. »Laßt ihr deshalb die Seehunde erschlagen?« fragte er.

Der Steuermann nickte.

»Und das hört nie auf?« fragte er.

Der Steuermann schüttelte den Kopf.

Da ertönte ein Ruf des Gefährten. Der Steuermann erhob sich.

Ein Windstoß brachte das eingeholte Segel zum Flattern. Der Steuermann stieg hinauf zum Ruder.

Zwei Mann zogen die Riemen ein und gingen zum Segel. Sie lösten die Taue und hißten das Segel, das sich im Wind bauschte. Das Schiff legte sich auf die Seite, aber der Steuermann zwang es mit dem Ruder auf den richtigen Kurs, und es schoß vorwärts. Die Ruderknechte zogen die Riemen ein, schneuzten die Nase und räusperten sich und hielten Ausschau nach den ersten Sternen, die am Abendhimmel blinkten.

Der Junge ohne Namen dachte an die Seehunde und sprach bei sich mit ihnen.

12

Als der Junge ohne Namen vor Tagesanbruch erwachte, schliefen die Ruderknechte noch unter den Ruderbänken. Der Gefährte des Steuermanns lag mittschiffs auf einer Bank und schlief mit der einen Hand unter dem Kopf. Den Steuermann konnte er nirgends entdecken.

Das Schiff schaukelte an der Ankertrosse. Der Himmel drehte sich über ihm. Eine Möwe ließ sich auf der Mastspitze nieder, an der ein kleiner, rotgoldener Wimpel im Wind knatterte.

Der Junge zog sich hoch und sah über die Bordwand in das klare, durchsichtige Wasser. Hell leuchtete der Sand und verschwand jäh in dunklen Tiefen. Im seichten Wasser der Sandbänke lagen Plattfische, er sah die gesprenkelten Umrisse von Scholle und Steinbutt, die sich tarnten und die er vom Sommerwohnplatz kannte, wo er und die Schwester sich die Plattfische mit einem schnellen Griff geschnappt hatten. Sie schmeckten so gut.

An dem schmalen und steinigen Strand unterhalb des bewaldeten Küstensaums sah er den Steuermann, der barfuß und mit einem weißem Hemd bekleidet vorsichtig herumtappte. Er schaute in den Wald hinein. Er kostete von dem Wasser, das als kleines Rinnsal den Abhang herunterfloß, ließ einen Schmetterling auf seiner Hand landen, betrachtete ihn eine Weile aufmerksam, hob dann die Hand in den Wind und ließ ihn davonfliegen.

Er watete ins Wasser hinaus und schwamm mit ruhigen Zügen zum Schiff, bestieg es über eine Strickleiter, verschwand für einen Moment hinter der Fracht und erschien wieder in dem Gewand, das er gewöhnlich trug.

»Und du schläfst ja gar nicht mehr, schlafender Junge«, sagte er, »du schläfst vielleicht nur, wenn andere nicht schlafen.«

Nun weckte er den Gefährten, und dieser weckte die Ruderknechte. Die Männer kamen auf die Beine, reckten und streckten sich, dann wurde das Essen ausgepackt und verteilt. Der Junge erhielt auch seinen Anteil, ließ ihn aber liegen. Er hatte weder Hunger noch Durst.

Sie konnten den ganzen Tag mit gehißtem Segel fahren, durch Sunde und breite Gewässer, vorbei an Landzungen und Halbinseln. Der Junge ohne Namen schlief den ganzen Tag nicht, er behielt die Küste im Auge, um zu sehen, ob irgendwo von einem kleinen Feuer Rauch aufstieg, und um zu sehen, ob er in den Buchten und Fjorden Seehunde entdeckte.

Einmal kamen Seehunde angeschwommen und folgten dem Schiff, und der Steuermann rief ihm von seinem Platz oben am Ruder zu: »Gab es da, wo du warst, auch so viele Seehunde?«

Der Junge schüttelte den Kopf.

»Im Verhältnis zu hier war das gar nichts«, sagte er. Bei sich redete er weiter mit den Seehunden.

Der Steuermann nickte.

Vielleicht vergaß er die anderen Seehunde, wenn er jetzt so viele sah.

»In dieser Gegend gibt es große, reiche Dörfer. Die

Bauern jagen viele Seehunde hier«, sagte der Steuermann. »Aber die Seehunde vermehren sich, es werden immer mehr. Und je mehr getötet werden, um so stärker vermehren sich die übrigen. Hierher kommt ein anderes Schiff, um Felle und Tran zu holen.«

Gegen Abend erreichten sie eine flache, sandige Landzunge und gingen vor Anker. Es roch stark nach Meer, und hinter dem sandigen Land, das zwischen zwei Höhenzügen lag, die vermutlich unmittelbar ans Meer angrenzten, stieg Nebel auf. Wenn der Wind abflaute, hörte man das Rauschen des Meeres. Der Junge wollte nicht danach fragen.

Nachdem der Gefährte und der Steuermann hin und her geredet hatten, wurde der Anker wieder gelichtet, und die Ruderknechte ruderten das Schiff näher an Land, wo es auf Grund gesetzt und abgestützt wurde.

Alle mußten nun von Bord, mußten vom Vorsteven ins Wasser springen und ans Ufer waten. Der Gefährte und zwei Männer lösten inzwischen die Taue, mit denen die Fracht befestigt war, und legten zwei Planken aus, über die sich die Tranfässer und die Fellbündel vom Schiff herunterrollen ließen. Der Steuermann stand auf dem flachen Land oberhalb des Strandes und wartete, bis der erste seine Last auf die Schulter geladen hatte. Dann ging er voraus über die mit Rauschbeeren und kleinen verkrüppelten Weiden bewachsene Ebene. Ein Trampelpfad führte über die schmale Landzunge, die den Fjord vom offenen Meer trennte. Draußen beim Meer sah man einzelne Dünen, einige waren hoch, und der Wind fegte den Sand von der Spitze, einige waren niedrig und dicht überwachsen.

Die Ruderknechte wollten den Jungen durch Gesten und Worte dazu bewegen, ein Tranfaß oder ein Fellbündel zu tragen, aber er schüttelte den Kopf und erregte ihren Zorn.

Er ging in der langen Reihe, die auf dem Pfad über die Landzunge lief, als letzter. Er ging neben dem Pfad, er wollte für sich sein. Sie riefen nach ihm, er merkte, daß sie unzufrieden mit ihm waren, kümmerte sich aber nicht darum.

Er suchte nach Preiselbeeren, aber es gab keine, es gab nur Rauschbeeren. Viele Vögel flogen herum und schnabulierten Beeren. Die eifrigen Goldregenpfeifer schwirrten vor seiner Nase auf und ab. Er kannte sie vom Sommerwohnplatz.

In der Nähe des breiten Strandes sah er Enten auf den Wellen schaukeln, und draußen jenseits der Brandung landete eine Schar Eidergänse. Die Daunenfedern dieses Vogels hatten die Mutter, die Schwester und auch er oft gesammelt, für die Kopfkissen auf ihren Schlafplätzen.

Kugelförmige Pilze wuchsen hier, und er aß davon, um keinen Hunger zu kriegen, und aus eine Lache klaren Wassers, auf dem Insekten herumliefen, konnte er trinken, um nicht so bald durstig zu werden.

Die Ruderknechte mußten mit ihren Lasten oft hinüberlaufen, bis die ganze Fracht vor den Wellen geschützt auf dem andern Strand lag.

Er legte sich hinter eine Düne, wo der Wind den Sand auf der Haut prickeln ließ, und das Wolfsfell füllte sich mit Sandkörnern.

Der Steuermann kam und setzte sich zu ihm.

»Jetzt kommt der schwierigste Abschnitt unserer Fahrt«, sagte er. »Siehst du das hohe Kap, da in Mittagsrichtung? An dem müssen wir vorbei, bevor wir in Lee kommen. Das kann ziemlich gefährlich werden. Wenn wir zu lange zögern, bis wir das Schiff wieder zu Wasser lassen, kann plötzlich starker Wind aufkommen.«

Er schwieg und blickte sich um.

»Am besten fahren wir am Abend im Schein der Sterne los«, sagte er. »Der Wind bläst vom Land her, dann können wir das Kap gefahrlos umschiffen. Und du hast keine Angst«, sagte er zu dem Jungen ohne Namen.

Der Junge ohne Namen sah bloß hinaus aufs Meer. Es war nicht zu ändern.

»Es ist, wie es ist«, sagte er zum Steuermann.

Der Steuermann schaute ihn an, aber er erwiderte den Blick nicht.

An langen Seilen kam nun das Schiff über die Ebene, einige der Männer zogen es, die übrigen stützten den Rumpf mit ihren Schultern und schoben es an.

Jedesmal, wenn sie anzogen, riefen sie, und Stück für Stück kam das Schiff voran, bis es schließlich den Strand erreicht hatte. Da winkte der Steuermann den Gefährten zu sich. Das Schiff sollte nicht am Strand stehenbleiben, sondern sofort zu Wasser gelassen werden.

Die Mehrzahl der Ruderknechte weigerte sich, das Schiff zu Wasser zu lassen, aber der Steuermann ging zu ihnen hin und redete mit ihnen, er zeigte auf den Himmel und auf das Meer, er deutete auf das Kap und auf die Sterne, die noch nicht aufgegangen waren, und er überzeugte sie, daß es so am besten für alle war, für sie, das Schiff, die Fracht und die weitere Reise.

Sie nickten und waren einverstanden, das sah man. Einer von ihnen machte auch eine Kopfbewegung in seine Richtung, zu ihm, dem Jungen ohne Namen. Der Mann wollte offenbar, daß er mithalf.

Aber der Steuermann schüttelte den Kopf. Der Junge brauchte nichts zu tun. Er war ihr Gast. So verstand es jedenfalls der Junge, und so dachte er auch selbst.

Er blieb in der Düne liegen.

Die Sonne versank im Meer, weit weg, dort, wo die

Nacht herkam. Da, wo sie verschwunden war, erschienen ihre funkelnden Begleiter, die Sterne. Der Große Bär stieg über dem Meer auf. Der Junge sah zu, wie die Männer durchs Wasser wateten und die Fracht zum Schiff brachten, das sanft auf den Wellen schaukelte. An Bord wurden Lichter angezündet. Kleine Lichtkäfige schwankten hin und her.

Die Wellen rollten über den Strand. Er hörte, wie die Männer redeten und riefen. Es fiel manch böses Wort. Aber ab und zu hörte er auch Gelächter. Die Fracht wurde verstaut. Er sah, daß sie erneut mit Tüchern bedeckt und mittschiffs festgezurrt wurde. Die Ruderknechte setzten sich auf ihre Bänke und machten sich bereit.

Der Steuermann holte ihn aus der Düne. Er deutete in die Luft und sprach vom Wind, der ihnen noch wohlgesinnt war. Dann half er ihm, in der Dunkelheit über die Bordwand aufs Schiff zu klettern, ihm reichte der Gefährte eine Hand.

Vier Ruderknechte standen unter dem Vorsteven, die andern hatten achtern den Anker ins Meer geworfen und begannen aus Leibeskräften zu ziehen, nachdem der Ruf des Gefährten ertönt war.

Und das Schiff bewegte sich. Die Ruderknechte, die vorne am Bug schoben, folgten dem Schiff, standen plötzlich bis zum Hals im Wasser und fuchtelten und fluchten. Sie wurden an Bord gezerrt und trockengerieben.

Jetzt sauste das Segel den Mast hinauf, die Riemen zogen an, das Schiff hob sich und schoß hinein in die Brandung. Der Bug prallte hart gegen das Wasser, bäumte sich auf, und es spritzte und gischtete über das Schiff, in dem die Ruderer vor sich hin murmelten, alle das gleiche, aber jeder für sich. Noch zweimal mußte das Schiff durch die Brandung. Dann war es frei.

Sie steuerten aufs Meer hinaus, während sich die steilen Klippen gegen den nächtlichen Sommerhimmel abzeichneten, sie waren voller Flechten und vom Wetter verkrüppelter Kiefern.

Der Steuermann und der Gefährte wechselten ab und zu ein paar Worte. Das Meeresrauschen stieg und fiel. Dazwischen hörte man das Murmeln der Ruderknechte.

Gegen Morgen änderte der Steuermann den Kurs Richtung Land. Das Segel wurde heruntergeholt. Die Ruderknechte zogen kräftig durch. Eine Strömung, die zum Land ging, half ihnen. Die Höhenzüge backbord wichen zurück, steuerbord sah man lange Sandbänke, einige sogar ein bißchen bewachsen. Hinter den Bänken war ruhiges Wasser.

Weit hinten konnte der Junge ohne Namen bewaldete Hügel erkennen, das Gewässer erinnerte ihn an den Fjord.

Dann glitt das Schiff unter lauten Rufen der Ruderknechte durch einen Sund zwischen den Sandbänken hinein in das ruhige Wasser. Die Riemen wurden eingezogen, das Segel ein Stück gehißt, und langsam glitt das Schiff dahin, während das Essen ausgeteilt wurde.

13

Hinter den Sandbänken erstreckte sich eine flache, bewaldete Küste, die sich bis zu den fleckig kahlen Höhenzügen mit den Grabhügeln der Urahnen hinaufzog. Breite und schmale Flüsse ergossen sich von der Küste ins Meer, die Mündungen waren an den Schlammbänken und den

Schilfgürteln erkennbar. Aus dem Röhricht kamen Scharen von Enten und Gänsen angeflogen und landeten im Wasser zwischen den Barren und Sandbänken der Brandung.

Da und dort stieg Rauch auf aus dem Wald. Er kam von den Bauerndörfern, aber keiner der Ruderknechte achtete darauf. Der Steuermann und sein Gefährte behielten die Fahrtrichtung im Auge, die Küste schien näherzukommen und die Durchfahrt wurde eng. Als sie den Engpaß, wo die Küste einen steilen Felsvorsprung bildete und sich kaum Sandbänke befanden, überwunden hatten, segelten sie wieder in weitem Gewässer, und die Küste verschwand beinahe. Schlamminseln tauchten nun überall auf, und der Steuermann und sein Gefährte mußten ständig den Kurs ändern, während die Ruderknechte auf ihren Bänken vor sich hin dösten.

Der Junge ohne Namen sah, wie die Wellen träge über die Schlamminseln plätscherten, die allmählich zu einer großen Fläche wurden, auf denen Strandläufer, Säbelschnäbler und Austernfischer herumflitzten. Schließlich blieb ihnen nur noch eine einzige Fahrrinne, die Schlamminseln hatten sich in ein Schlammland verwandelt.

»Das Wasser verschwindet«, sagte der Steuermann.

Der Junge ohne Namen erschrak.

»Wir geraten bald auf Grund«, fuhr der Steuermann lächelnd fort, als er das Gesicht des Jungen bemerkte.

Der Junge wollte nichts sagen.

»Das Wasser kommt wieder«, sagte der Steuermann, »und hebt das Schiff in die Höhe.«

»Das Wasser geht, das Wasser kommt«, schien es die ganze Zeit zu sagen.

Kurz darauf schrammte der Kiel den Grund, das Schiff neigte sich leicht nach backbord. Das Segel wurde eingeholt. Die Ruderknechte drehten sich nur um und schliefen weiter.

Das Wasser wich immer weiter zurück. In kleinen Rinnsalen rann es von den Schlammbänken, und dort, wo noch kleine Bäche waren, schien es schneller und schneller verschwinden zu wollen.

Der Steuermann ließ die Laufplanke anlegen, schürzte sein Gewand und stieg barfuß hinunter in den Schlamm. Die Vögel beachteten ihn kaum, so beschäftigt waren sie, in dem weichen Boden Würmer, Schnecken und Muscheln zu suchen. Auch der Steuermann stocherte mit einem Finger im Schlamm und holte Getier heraus, betrachtete es eingehend und warf es dann weg. Der Junge beobachtete ihn vom Deck aus und konnte seinem Blick nicht ausweichen, als er sich an ihn wandte.

»Warum steigst du nicht herunter und schaust dich um?« fragte ihn der Steuermann.

Der Junge ohne Namen schüttelte erst den Kopf, stieg aber einen Augenblick später doch vom Schiff.

Die Vögel flitzten überall herum. Ein Brachvogel war nur eine Armlänge von ihm entfernt. Er hätte sich den Vogel schnappen können, hatte aber keine Lust dazu. Sicher hatte das Tier am Morgen Beeren gefressen, um diese Zeit schmeckten Brachvögel besonders fein.

»Komm«, sagte der Steuermann und zeigte ihm die Wohnröhre eines Sandpierwurmes. Er grub in dem Loch im Wattbogen und holte den Wurm heraus.

»Da«, sagte er, »ohne diese Würmer würde die Welt nicht bestehen.«

Der Junge kannte die Würmer vom Sommerwohnplatz. Die Mutter hatte davon erzählt.

»Sie leben ewig«, sagte er, »wenn der Mond voll ist, reden sie miteinander.«

Der Steuermann hörte ihm zu. Er wollte nicht mehr sagen.

In den kleinen Rinnsalen waren Krebse, die seitwärts liefen. Er kannte sie. Er wußte, wie man sie öffnete. Er hatte Lust darauf. Sommeressen, wie seine Mutter immer sagte.

Der Steuermann folgte seinem Blick, der Junge hatte das Gefühl, ihn zu bestehlen.

»Ja, da gibt es viele Krebse«, sagte der Steuermann. Alles mußte er beim Namen nennen.

Langsam und in einigem Abstand voneinander wateten sie über das Watt, das von einer dunklen Rinne mit starker Strömung durchschnitten wurde, es war ein Fluß von der Küste.

»Der Fluß bringt Land hervor«, sagte der Steuermann.

Der Junge ohne Namen hörte kaum hin. Ein Fisch war gerade aus dem Wasser geschnellt. Er kannte diese Art, sein Vater hatte solche gefangen.

Der Steuermann kannte den Fisch auch, er sprach dessen Namen aus, beinahe so, wie ihn der Vater ausgesprochen hätte.

Bald ließ die schnelle Strömung des Flusses nach. Kleine, langsame Wirbel bildeten sich und schwappten über die Schlammbänke.

»Das Wasser kehrt zurück«, sagte der Steuermann und warf einen Blick zur Sonne, die die Mittagshöhe erreicht hatte.

Jetzt sanken sie ein. Sie hatten sich ziemlich weit vom Schiff entfernt, das im Gegenlicht wie ein Stück verkohltes Holz aussah. Die Ruderknechte waren über die Bordwand aufs Watt gelangt und hielten sich im Umkreis des Schiffes auf. Einige hockten da und verrichteten ihre Notdurft. Andere neckten die Krebse, während die Vögel um sie herumflitzten, und einige planschten in den Wasserrinnen und schrien und lärmten dabei.

»Ein gutes Wolfsfell hast du da an«, sagte der Steuermann und prüfte es mit den Fingern. »Du könntest ein reicher Mann werden.«

Was war das, ein reicher Mann? Der Steuermann erklärte es nicht. War das ein Mann, der viel lachte, obwohl er nichts besaß? Hatte der Steuermann nicht eine verkehrte Sprache gesprochen? Hätte die Mutter nicht einfach gesagt, daß es ein schönes Fell war?

Aber er wollte nicht darüber sprechen.

Sie kletterten hinauf ins Schiff. Er spürte, daß die Ruderknechte über ihn redeten. Er hatte es gespürt, seit er an Bord gekommen war, und besonders deutlich spürte er es, nachdem er ihnen nicht zur Seite gestanden hatte, als sie das Schiff über die Landzunge zogen. Wenn sie den Bauern am Waldrand begegnet waren oder wenn die Bauern an ihren Wohnplätzen vorbeigegangen waren, lag dasselbe in der Luft. Widerwille.

Der Vater schien jeweils kleiner und schmaler und kantiger zu werden, wenn er diesem Widerwillen ausgesetzt gewesen war.

Die Mutter konnte es abschütteln. Sie stammte von den Bauern. Sie hatte zwei Sorten von Stolz.

Vom Schiff aus sah er, wie das Wasser stieg. Das Wasser vom Meer und das Wasser vom Land flossen zusammen. Das Wasser vom Land wurde zurückgedämmt und vom Wasser des Meeres überrollt, weggespült und verschlungen. Auf einmal war überall Wasser.

Einige Ruderknechte waren noch unten, sie standen bis zu den Knien im Wasser und planschten, genau wie er und seine Schwester an der Quelle.

Aber die Ruderknechte waren erwachsene Männer, oder

zumindest kräftige Burschen mit Bart und einem Fell aus gekräuseltem Haar auf der Brust.

Das Schiff richtete sich auf, der Kiel hob sich, und sie trieben im Wasser, das erst eine ganze Weile, nachdem die Sonne die Mittagshöhe überschritten hatte, zurückgekehrt war.

Der Steuermann, der auf seiner Bank gelegen hatte, erhob sich, stützte die Hände auf die Bordwand und blickte über das graue Wasser. Dann legte er sich wieder hin und hielt ein Nickerchen.

Das Essen wurde ausgeteilt. Der Weinkrug machte die Runde.

Die Sonne ging bereits unter, aber es war noch hell. Der Gefährte des Steuermanns befahl, den Anker zu lichten. Die Ruderknechte setzten sich an die Riemen. Das Segel wurde gehißt, blähte sich aber kaum. Der Steuermann stand auf und ging ans Ruder.

Eine seitliche Meeresströmung trieb das Schiff langsam vorwärts.

Bevor die Dämmerung kam, stieg der Mond auf.

Die Ruderknechte begannen vor sich hin zu murmeln.

Gegen Morgengrauen, als der Mond verschwand, mußten sie erneut auf einem Watt ausharren. Der Anker wurde ausgeworfen, und alle legten sich hin, um zu schlafen.

Der Junge ohne Namen blieb wach und beobachtete das Tageslicht, das über der Küste aufstieg.

Vor dem Schiff erblickte er im Morgennebel eine steile Klippe.

Es würde noch viele Tage und Nächte dauern, bis er beim Bruder seines Vaters eintraf, hatte ihm der Steuermann erklärt, und noch viel mehr Tage würden vergehen, bis er wieder zurückkehren konnte. Den Winter würde er im Haus des Onkels verbringen müssen. Wenn der Winter vorbei war, wollte er vielleicht gar nicht zurück, hatte der Steuermann gesagt.

Die Bauerntochter kam ihm in den Sinn, und sie sprach mit ihm, lachte mit ihm und ließ sich vorsichtig von ihm berühren.

Er mußte sich bewegen, und er erhob sich voller Unruhe.

Wenn es sie aber gar nicht gab?

Es war eine Qual, er mußte knurren, mußte die Fäuste ballen und die Augen schließen.

»Was machst du da?« fragte der Steuermann, der die Augen geöffnet hatte.

Der Junge verhielt sich so abweisend wie nur möglich. Er grub seine Fingernägel in den Ballen der anderen Hand. Er blickte zu Boden.

Dann legte er sich neben der Bordwand auf die Planken und schlief. Er bohrte sich in den Schlaf hinein. Weit weg im Schlaf hörte er einen Zug Kraniche fliegen, kreischend gegen den Meereswind.

14

Der Tag, an dem Tag und Nacht gleich lang sind, näherte sich. Der Steuermann prägte sich genau ein, wo die Sonne aufging und wo sie unterging und wo die Sterne am Horizont standen. Wenn die Sonne zur Mittagszeit vom Nebel verdeckt war, hielt er einen Stein in die Höhe, der klar wie Wasser war und in dem sich das Sonnenlicht sammelte, so daß er danach den genauen Kurs abstecken konnte.

Der Junge ohne Namen sah alles und nichts. Die Mannschaft war ihm nicht wohlgesinnt, und wenn er mittschiffs herumlief, stellten ihm manche ein Bein, und oft wäre er beinahe gestürzt.

Wenn sie während der Ebbe festsaßen, begab er sich mit dem Steuermann auf die Schlammbänke; wenn sie bei ruhigem Wetter segelten, setzte sich der Steuermann zu ihm. Er erzählte, daß sie noch vor der Tagundnachtgleiche ein großes, offenes Wasser erreichen würden, wo der Wind nicht mehr sommersanft blies, sondern zum brüllenden Sturm anschwoll.

Steuerbord kamen sie an einer Insel mit steilen Ufern vorbei. Über dem niedrigen Wald standen an vielen Stellen Rauch aus den Bauerndörfern. Am Strand lagen lange Einbäume, und an Gestellen hingen Aalreusen und Netze zum Trocknen. Auf der einen Seite ragte eine Felsnase weit ins Meer, und hier begann die Mannschaft zu schnuppern. Ein unverkennbarer Duft, an den sich der Junge ohne Namen von seinen Streifzügen um die Dörfer herum erinnerte, hing in der Luft. Die Mannschaft richtete eine Bitte an den Steuermann, aber er wies sie ab.

Sie bettelten und flehten, sie brummten und klagten, ließen den Riemen mit einer Hand los und klopften sich auf den Bauch.

Aber der Steuermann wies sie ab.

Vielleicht rührte der Geruch von gebratenem Schweinefleisch her, es roch nach Fett, nach Salz und ein bißchen verbrannt.

Sie fuhren an einigen Inseln vorbei, hinter denen das große Meer lag, das sie überqueren mußten und von dem es hieß, daß sich darin eine hohe Klippeninsel befand, die von Nixen und Necken bevölkert war. Das hatte der Steuermann erzählt.

Der Wind flaute ab. Es wurde totenstill, die Sonne verschwand langsam im Nebel, über dem Wasser dampfte es. Das Segel hing schlaff am Mast, die Ruderknechte mußten ständig rudern. Das Geräusch der Riemen, die in den Dollen knarrten, und das Atemholen der Ruderer machte einen schläfrig.

Während der Nacht lagen sie vor Anker, der Nebel senkte sich bis zur Wasseroberfläche, und weit oben tauchten die Sterne auf. Aber in den Stunden um Mitternacht, wenn die Welt der Nacht hellwach ist, brachte man keinen Ruderknecht an die Riemen.

Gegen Morgen stieg der Nebel mit der Sonne wieder, der Steuermann hielt den klaren Stein gegen den Himmel und legte den Kurs fest. Es wurde sehr vorsichtig weitergerudert, und der Gefährte des Steuermanns stand scharf beobachtend am Vorsteven und dämpfte von Mal zu Mal die Geschwindigkeit.

Der Junge ohne Namen döste vor sich hin.

»Wo ist das Messer, das ich dir geschenkt habe?« hatte ihn der Steuermann plötzlich gefragt.

Der Junge hatte es aus seinem Lederbeutel geholt.

Der Steuermann hatte genickt.

Was hatte er gewollt?

War es denkbar, daß er das Geschenk zurückhaben wollte? Das war einfach nicht möglich. Das konnte nicht möglich sein.

Er mußte daran denken, daß alles unter, über und um ihn herum fremd war. Nur weit entfernt, wenn er durch all das Fremde hindurchgegangen war, würde er jemanden treffen, der ihn kannte, so wie er war und doch nie so, wie seine Mutter ihn gekannt hatte.

Jetzt ertönte ein Ruf des Gefährten, die Ruderer hielten inne, das Knarren der Riemen in den Dollen verstummte, und alle wurden aufmerksam. Durch den Nebel vernahm man ganz schwach das gleichmäßige Schlagen der Wellen an eine Küste, und nach jeder Brandung folgte ein langes Rauschen.

»Die rote Klippe«, sagte der Steuermann.

Sie hatten nur wenige Riemen im Wasser, als sie sich der Insel näherten. Die Brandung drang nun laut und hohl durch den Nebel. Die Ruderknechte horchten, sie waren bleich vor Angst. Einige hatten bereits kleine Steine und Knöchelchen aus ihren Lederbeuteln geholt, die sie in den Händen drehten und wendeten und dabei murmelten. Der Steuermann beriet sich mit dem Gefährten, und kurz darauf wurde der Anker geworfen.

Tag um Tag und Nacht um Nacht vergingen, und der Nebel lichtete sich nicht. Die Angst saß den Leuten in den Gliedern, sie flüsterten miteinander, um sich nicht zu verraten. Nur der Steuermann sprach laut, wenn auch gedämpft. Die Mannschaft erhielt reichlich zu essen und viel zu trinken, aber die Lust war ihnen vergangen.

Ab und zu hörten sie laute Schreie von der Insel, der Junge ohne Namen hielt es für Möwengeschrei, aber die Männer zischelten und wisperten und rückten auf ihren Bänken zusammen.

Eines Morgens trieb eine Schar Eidergänse an ihnen vorbei, sie schliefen halb auf den Wellen, und der Junge ohne Namen hätte sie mit ausgestrecktem Arm erwischen können, aber er ließ sie vorbeitreiben, die Ebbe trug sie hinaus, und bald waren sie lautlos im dichten Nebel verschwunden.

Der Steuermann ging immer öfter mittschiffs auf und ab, er hielt den klaren Stein gegen den Himmel, aber kein Sonnenlicht sammelte sich in ihm. Die Ruderknechte flüsterten miteinander und schauten dabei hinüber zum Jungen ohne Namen, der vor sich hindöste, aber ihren Blick spürte und merkte, daß sie gegen ihn redeten.

Viele Tage und Nächte waren vergangen, und sie lagen noch immer vor Anker, der auf steinigem Grund ausgeworfen worden war. Einer der Ruderknechte sprach mit dem Steuermann, zuerst redete er wohl darüber, daß sie festsaßen, seine Stimme klang gedämpft, aber voller Unruhe, das fiel dem Jungen ohne Namen auf.

Der Steuermann wollte ihn nicht anhören, aber der Ruderknecht fuhr fort, und ein zweiter redete erregt dazwischen.

Plötzlich schauten die beiden hinüber zu dem Jungen, sie deuteten auf ihn, und es bestand kein Zweifel mehr darüber, was sie im Sinn hatten.

Er sollte geopfert werden, damit der Wind auffrischte, damit der Nebel sich hob, damit sie die Welt wieder sehen und an der roten Klippe mit den Nixen und Necken vorbeikommen konnten, die sie ohne Opfer nicht vorbeilassen wollten.

Noch mehr Ruderknechte begannen zu reden. Im Flüsterton versuchten sie den Steuermann zu überzeugen, während der Gefährte am Vorsteven stand und angestrengt in das milchige Weiß hineinstarrte.

Der Junge ohne Namen hatte die Augen halb geschlossen und döste; er wußte, was sich abspielte, aber er hatte keine Angst.

Jetzt zerrten sie am Gewand des Steuermanns, drei Ruderknechte warfen sich auf die Knie und deuteten auf den Jungen ohne Namen.

Da fiel ihm plötzlich das Ledersäckchen ein, das er auf der Brust trug. Hier bewahrte er alles auf, was er besaß. Er nahm das Messer mit dem seltsamen Griff heraus, das ihm der Steuermann als Zeichen seiner Vertrauenswürdigkeit geschenkt hatte. Der Junge erhob sich, trat zum Steuermann hin und hielt ihm das Messer entgegen.

Der Steuermann warf ihm einen verwirrten, aber auch erzürnten Blick zu.

Er schrie die Ruderknechte in ihrer Sprache an, und in ihren Augen stand die nackte Angst.

Dann schob er den Jungen ohne Namen zurück und hob abwehrend die Hände, er wollte das Messer nicht nehmen.

Der Junge ohne Namen hatte kaum seinen gewohnten Platz am Hintersteven erreicht, als der Ruf des Gefährten ertönte.

Deutlich sah man einen Augenblick den Umriß der hohen Klippe, der gleich wieder verschwand, aber allen hatte sich das Bild eingeprägt, und sie verstummten.

Der Steuermann hielt einen Finger, auf den er gespuckt hatte, in die Luft. Auf diese Weise spürte er den Wind.

Kurz darauf kam ein Windstoß. Hoch oben im Nebel schwebte die Sonne, sie war blaß wie der Mond. Der nächste Windstoß lichtete plötzlich den Nebel über dem Meer. Von dort, wo die Nacht herkam, frischte es auf. Der Nebel wurde zerrissen, und in allen Himmelsrichtungen wurde das Meer sichtbar, aber dort, wo die rote Klippe aufragte, hing ein dichter Schleier, so daß man nur die Umrisse sah.

Der Schrecken der Ruderknechte verwandelte sich in Erstaunen. Der Junge ohne Namen sah es durch seine halb geschlossenen Augen.

Bald leuchtete ein blauer Himmel. Der Anker wurde eingeholt. Zuerst ruderten sie gegen den Wind, um von den Felsriffen wegzukommen. Dann nahmen sie Kurs gegen Mittag. Das Segel wurde gehißt, die Riemen eingezogen.

»Das Messer«, sagte der Steuermann lächelnd zu dem Jungen ohne Namen. Er zuckte auch die Schultern, öffnete die Hände und schüttelte den Kopf.

Der Junge ohne Namen mußte schmunzeln, der Steuermann schüttelte nochmals den Kopf, und der Junge mußte lachen, zuerst leise, dann laut. Das Lachen ließ ihn nicht mehr los. Die Ruderknechte schauten ihn an, einige stützten ihren Kopf in die Hand und schauten den lachenden Jungen an. Dann fingen sie ebenfalls an zu lachen. Das ganze Schiff lachte.

Sie hatten die rote Klippe hinter sich, aber sie lachten noch lange. Sie lachten, bis sie einschliefen. Die Ruderknechte versuchten, damit aufzuhören, aber sie brauchten einander nur zu berühren oder anzustoßen, und sie mußten von neuem lachen.

Die rote Klippe war im Meer verschwunden, als die Nacht einbrach. Sie waren draußen auf dem weiten Meer, sie konnten unbesorgt segeln.

Warum tauchten die Klippen ins Meer? Warum verschwand Land? Daran mußte der Junge denken, als er sich auf den Planken des Schiffes zur Ruhe legte.

15

Zwei Tage und Nächte lang blies nun ein kräftiger Wind. Tagsüber wölbte sich der Himmel hoch über die Sonne, bei Nacht standen die Sterne in dichten Punkten, wie leuchtende Mäuseaugen auf dem dunklen Himmelsbauch.

Der Steuermann döste am Ruder, der Gefährte hielt

Ausschau. Am ersten Tag sahen sie flaches, sandschimmerndes Land, dem, je länger sie daran entlangfuhren, längliche und manchmal hohe Sandbänke vorgelagert waren. Auf einigen wuchsen Bäume. Danach umschifften sie ein Kap und hielten Kurs auf die Sonne. Sie kamen an einer breiten Flußmündung vorbei und sahen in der Dunkelheit ein Licht, das kam und verschwand. Der Mond ging auf, und es wurde beinahe klar. Sie fuhren durch langgezogene, schläfrige Wellen und hielten Kurs auf die Richtung, in der die Sonne untergegangen war, wie der Steuermann anhand der großen Sterne und Sternbilder berechnete.

Einige Ruderknechte formten hinter dem Rücken des Jungen eine kleine Figur, vielleicht war es ein Bild von ihm, aber er tat, als bemerkte er das nicht. Sie hatten keine bösen Absichten. Der, der sie gemacht hatte, deutete immer mit dem Finger auf die Figur, die ihm glich, und wollte ihm zu verstehen geben, daß er sie essen konnte, aber der Junge ohne Namen lächelte nur und schüttelte den Kopf.

Am zweiten Tag stieß der Gefährte einen Schrei aus und deutete in die Ferne, alle Ruderknechte erhoben sich, so daß das Schiff stark zu schaukeln begann. Sie reckten sich, einer wollte dem andern über die Schulter schauen, und der Steuermann zog den Jungen ohne Namen zu sich und zeigte auf riesige, weiße Steilufer, die in der Ferne aus dem Meer ragten.

Die Ruderknechte riefen durcheinander und umarmten sich, als seien sie endlich gerettet. Sie hockten sich hin und sprangen wieder auf, um sich nochmals davon zu überzeugen, daß sie bald die Meerenge hinter sich haben würden.

Da stieß der Gefährte erneut einen Schrei aus, und alle

standen auf. Auf halbem Weg zwischen dem Schiff und den weißen Steilufern in der Ferne stiegen hohe Wasserstrahlen aus großen, flachen Körpern. Die Ruderknechte fingen an zu jammern, blickten händeringend zum Himmel, und der Steuermann änderte den Kurs, um vorbeizukommen.

Der Junge ohne Namen wußte gleich, als er die Strahlen sah, daß sie von den Meerestieren stammten, von denen der Vater berichtet hatte. Es waren die größten, die es gab, und er hatte sie Wale genannt.

Es waren viele Strahlen, und es war wie ein Gesang in der Luft, eine starke Zufriedenheit, die man auch sehen konnte, wenn sich plötzlich eines der Tiere im Wasser drehte.

Der Junge mußte lachen bei diesem Anblick, aber die Ruderknechte waren schreckensbleich. Als sie den Jungen so unbekümmert dastehen sahen, versuchten sie ihm mit Händen und Grimassen zu erklären, wie mühelos so ein Wal das Schiff zertrümmern und alle an Bord verschlingen konnte, aber der Junge schüttelte den Kopf.

Einer der Ruderknechte wandte sich an den Steuermann, deutete dabei auf den Jungen und sagte: »Sag zu ihm, er soll sein Messer herausholen und uns auch aus dieser Gefahr retten.«

Der Steuermann sagte es dem Jungen, aber der Junge schwieg.

Der Steuermann erklärte, daß der Junge das nicht könne.

Der Ruderknecht sagte, daß er etwas anderes tun müsse, sonst würden sie ihn über Bord werfen und den Walen opfern.

Der Steuermann schüttelte den Kopf, sagte es aber dem Jungen.

Der Junge legte sich auf seinen Platz bei der Bordwand und wollte nichts mehr hören.

Seine Mutter sagte zu ihm: »Alle Tiere im Meer lieben den Gesang. Sing ein Lied für die Wale, damit sie zum Schiff kommen und dich anschauen. Später werden sie fortschwimmen, und die Ruderknechte werden sich beruhigen. Tu das, auch wenn du eigentlich keine Lust dazu hast.«

Er setzte sich auf und sagte zum Steuermann: »Jetzt habe ich mit meiner Mutter gesprochen. Sie hat mir gesagt, was ich tun soll, obwohl ich keine Lust dazu habe. Ich werde mich in der Mitte des Schiffes an der Steuerbordseite hinstellen und für die Wale singen. Niemand darf mich ansprechen, das ist Brauch und Sitte, wenn einer für Wale und andere Tiere singt.«

Das Schiff fuhr gerade mit vollen Segeln, aber der Junge bat den Steuermann, die Geschwindigkeit zu verringern, und er bat ihn, den vordersten Wal der Herde anzusteuern.

Als sie den Tieren ziemlich nahe gekommen waren, trat er an die Bordwand und begann das Lied vom tiefen Meer, vom herrlichen Leben, von Güte und Freude zu singen, ein Lied mit vielen Strophen, und nach jeder sang er ein langgezogenes und klares aj-aj-aja.

Nach der ersten Strophe sah er, daß die Wale aufmerksam wurden. Sie hörten zu, spritzen auf und schwammen auf das Schiff zu. Er verstärkte die Kraft seiner Stimme, damit sie das Schiff noch leichter fänden und ihn begrüßen könnten.

Er spürte die tödliche Stille der Ruderknechte hinter seinem Rücken, dicht aneinandergepreßt standen sie da, und das Schiff wiegte sich in den Wellen.

Als er noch einige Strophen gesungen hatte, lag die

ganze Walherde vor ihm versammelt, aber in genügend großem Abstand vom Schiff, keiner brauchte sich zu fürchten. Er sang nun besonders hell und laut, so hell und laut er konnte, und nach der nächsten Strophe, während er Luft holte, vernahm er ein leises Flüstern bei den Walen, ihre breiten Mäuler hatten sich leicht geöffnet, und das Wasser rann und tropfte aus ihren Mundwinkeln. Er sah auch, daß der Blick der Wale mit dem gleichen Licht erfüllt war, das den Klumpen entströmte, die er am Strand gefunden und dem Steuermann zum Geschenk gemacht hatte.

Sie segelten nun ein langes Stück, und die Wale folgten ihnen, einige schwammen halb steuerbord, andere halb achtern, bis die Wale genug von seinem Lied gehört hatten und das Schiff fahren ließen. Bald dachten sie wieder nur an sich und die Tiefe, und man sah ihre Wasserstrahlen, die von der Wasseroberfläche aufstiegen.

Er blieb an der Bordwand stehen, bis er merkte, daß die Wale achtern zurückblieben. Er spürte, wie er plötzlich am ganzen Körper zitterte, er fror wie im bittersten Winter. Er drängte sich durch die Ruderknechte, die in einer dichten Schar hinter ihm standen, und legte sich auf seinen Platz auf den Planken, unterhalb des Steuermanns, und verkroch sich unter die Bordwand.

Er schlief ganze zwei Tage und Nächte. Wenn ihn jemand wachrütteln wollte, um ihm seine Dankbarkeit auszudrücken, trat der Steuermann dazwischen, hieß ihn verschwinden und den Jungen in Frieden zu lassen.

Der Junge sah nicht, wie sie an den hohen, weißen Steilufern vorbeisegelten, wo ein Gerüst in einem Korb aufgebaut war, in dem ein Feuer glühte. Sie fuhren mitten in einer Meerenge mit guter Sicht auf beide Küsten. Seit ihrer Abreise vor vielen Mondwechseln sahen sie nun zum erstenmal Schiffe. Sie fingen zu singen an, und der Steuermann verbot es ihnen nicht.

Der Junge sah auch nicht, wie sie der Küste näher und näher kamen und die erste große Flußmündung durchquerten, wo langbeinige rote Vögel, die den Kranichen glichen, von den Schlammbänken aufflogen, und er sah auch nicht die große Flußmündung, in die sie hineinfuhren und die eine große Zahl von Schiffen mit bunten Segeln ebenfalls ansteuerte. Er hörte nicht die Rufe von Schiff zu Schiff, über die Reise, über die Gefahren und über die Waren, die mitgeführt wurden.

Als sie in dem Flußlauf waren, mußten sie sich in die Riemen legen, um gegen den lehmigen Strom anzukommen.

Er sah nicht den ersten Ort, wo die Häuser dicht an dicht bis zum Fluß standen, wo überall Rauch aufstieg und wo Schiff neben Schiff lag, schwerfällige Boote mit aufgespannten Leinen und im Winde wehender Wäsche. Um den Ort reihten sich viereckige Felder, gelb und grün, dort weideten Schafe und Kühe auf Gras oder Stoppeln. Der Wald war weit weg, und dann schloß er sich wieder hinter den Schilfgürteln in den Krümmungen und Windungen des Flusses.

Er träumte, daß er an einem lieblichen Sommerabend die Bauerntochter entführte. Sie sprach fröhlich und lachend mit ihm und machte sich leicht, damit er sich nicht das Kreuz verrenkte. Weiter als bis zur Dorfgrenze brauchte er sie nicht zu tragen, sie konnte selber gehen, sie wollte ihn lieber an der Hand halten. Er merkte schon, daß das besser war als die Schlepperei, aber er wollte nicht auf die Last verzichten. Er wollte es richtig machen, so wie er von der Mutter wußte, daß es der Vater gemacht hatte: Er hatte sie wie ein Hirsch bis vor die Tür getragen, die sie selber geöffnet hatte, um ihren Platz in der Hütte einzunehmen.

»Ich habe keine Angst, daß du nicht Bescheid weißt«, sagte sie zu ihm, als er sie absetzte.

Er erwachte mit einem Gefühl der Süße im Körper und mochte sich gar nicht bewegen. Er wollte die Süße noch ein bißchen auskosten. Es war nicht das Schlechteste, bloß zu träumen, auch wenn es nur ein Traum war. Sie mußte immerhin mit ihm gesprochen haben.

»Wir sind bald da, wo dein Onkel wohnt«, sagte der Steuermann oben von seinem Platz aus, »jetzt werde ich dir alles erklären, was du siehst.«

Der Junge ohne Namen setzte sich auf und dachte einzig und allein: ›Bald bekomme ich einen Namen.‹

16

Der Steuermann fing nun an, ihm alles zu erklären, was er sah.

Der Junge ohne Namen hörte bloß mit halbem Ohr hin. Der Traum steckte noch in ihm und ließ ihn nur langsam los. Da sah und hörte er etwas mehr von dem, was der Steuermann ihm erzählen wollte.

Er dachte an den Zaunkönig, ob der Vogel wohl noch an ihn dachte und ob er ihn in guter Erinnerung hatte. Er sah Hirten, die gefleckte Schweine über die Stoppelfelder in den Wald trieben. Die Schweine waren sehr fett, und es waren viele, so viele hatte er noch nie auf einmal gesehen. Vielleicht waren es sogar mehr, als er je in seinem Leben gesehen hatte.

Der Steuermann erklärte ihm, daß sie jetzt den größten Fluß des Landes hinauffuhren. Ungeheuer lang war dieser Fluß, und man brauchte einen halben Mondwechsel, um bis zu seinen Quellen zu rudern, auch wenn man den Wind im Rücken hatte. Reich war dieses Land, und es lebten hier zahlreiche Völker. Das bedeutendste dieser Völker, sagte der Steuermann, war von weit hergekommen, um das Land zu erobern. Er selber gehörte nicht dazu. Er stammte aus einem weit entfernten Land, das lag hinter Bergen und nochmals hinter Bergen. Er stamme aus einer Hafenstadt, so nannte er das, und der Junge verstand ihn nicht und fragte und er bekam es erklärt, verstand es aber nur halb. Es handelte sich um eine Stadt mit einem langen, uaussprechlichen Namen.

»Ich habe dir das alles erzählen wollen«, sagte der Steuermann, »aber du hast ja kaum zugehört.«

Der Junge schüttelte den Kopf.

»Warum hätte ich zuhören sollen?« fragte er.

Der Steuermann lachte.

Die Wälder waren schon braun und gelb, der Winter war nicht mehr weit, nur die Haselnußsträucher an den Waldrändern hatten noch grüne Blätter. Sie schienen voller Nüsse zu sein.

Auf einem offenen Stück Land zwischen zwei Wäldern stieg eine Staubwolke auf, ein Grasband führte über die Stoppelfelder, und hier bot sich ihm ein merkwürdiger Anblick: ein Tier, das einen Menschen trug. Der Junge lehnte sich über die Bordwand, um besser zu sehen, was das für ein Tier sein könnte, denn offensichtlich waren sie nicht zusammengewachsen. Er mußte aufgeben. Er mußte den Steuermann fragen, was es war und weshalb ein Mensch nicht auf seinen eigenen Füßen ging.

Der Steuermann war sehr erfreut, daß ihm der Junge

eine Frage stellte. Er erklärte ihm, daß es ein Esel gewesen sei, der einen Bauern getragen habe, welcher unterwegs war zum Markt in der nächsten Stadt. Dann erzählte er, was ein Markt ist und was dort geschieht. Er fragte den Jungen, ob er alles verstehe, aber der Junge verstand es nicht und wollte am liebsten schlafen.

Da deutete der Steuermann so bestimmt, daß er aufmerken mußte: »Schau dort«, sagte er, »Reiter auf Pferden. Das ist die römische Reiterei.«

Der Junge starrte angestrengt. Er sah Staubwolken, und davor erblickte er Tiere wie den Esel, den er gesehen hatte, nur größer, mit kräftigeren und schnelleren Bewegungen. Sie trugen Menschen, und sie glänzten und blitzten in der Morgensonne. Er fragte, warum sie glänzten.

Der Steuermann erklärte ihm, daß das ihr Schutz war, ihr Harnisch, der da glänzte, ein Schutz vor den Pfeilen der Feinde. Er sah, daß der Junge das nicht verstand und wiederholte es, aber der Junge verstand es trotzdem nicht, und dem Steuermann fiel auf, daß er sich geradeso benahm, als wolle er gar nicht verstehen. Er war deshalb nicht zornig, genau das war es ja, was ihm an dem Jungen gefallen hatte, als er ihm in dem Dorf am Fjord begegnet war.

Die Ruderknechte waren äußerst fröhlich und gutgelaunt. Sie sangen Lieder und kitzelten sich gegenseitig unter den Armen, sobald sie die Möglichkeit hatten, mit einer Hand zu rudern.

Der Gefährte stand am Vorsteven und hielt Ausschau. Er beobachtete die Flußwindungen und die Schiffe, die ihnen auf der anderen Seite des Flusses entgegenkamen und auf die Mitte zusteuerten. Der Fluß war offenbar geteilt für aufwärts und abwärts fahrende Schiffe. Nur kleine Boote und Einbäume konnten kreuz und quer fahren, und wo sie gerade wollten.

Draußen im Fluß waren eine Reihe von Pfählen eingerammt worden, und so, wie sie aussahen, vermutete der Junge, daß es große Aalreusen waren.

»Aal?« fragte er, deutete mit der Hand und schaute den Steuermann an.

Der Steuermann nickte.

»Hier wimmelt es von Aalen«, sagte er, »in den Dörfern essen sie alle Aal zum Frühstück.«

Das war zu viel. Er hatte es in der Nase gespürt, und der Aalgeruch machte ihm schwer zu schaffen.

Er blickte sich um und sah aus den Bauerndörfern Rauch aufsteigen. Saßen sie dort und aßen Aal?

Einiges war gleich, und einiges war ganz anders.

Nüsse und Aale waren gleich. Schweine waren nicht gleich, und sogenannte Reiter auf Eseln und Pferden waren etwas für sich.

Jetzt öffnete sich das Ufer auf ihrer Seite des Flusses, ein zweiter Fluß strömte durch den Wald, man sah weit hinein, und Schiffe kamen, die Baumstämme geladen hatten. Sie fuhren ganz langsam. Sie hatten nur wenige Ruderer. Alle Schiffe änderten den Kurs, wenn sie in den Fluß einbogen und fuhren mit gehißten, braunen Segeln gegen den Strom.

Was wollten sie bloß mit den vielen Baumstämmen?

In einem Schiff saß ganz oben auf den Stämmen ein Mann in einem weißen Gewand und spielte verschiedene Töne auf einem Brett. Der Vater des Jungen hatte einmal Löcher in einen Knochen gebohrt und auf dem Knochen gespielt, auch da kamen verschiedene Töne, aber der Mann auf den Stämmen konnte von einem Ton zum nächsten greifen, und es klang anders als die Töne des Vaters. Sie hatten mit nichts anderem in der Welt etwas zu tun, sie waren etwas für sich.

Sie überholten die Schiffe mit den Baumstämmen, und die Ruderknechte riefen hinüber zu den anderen Besatzungen, die gerade das kauten, was Brot genannt wurde. Ihre Schiffe bewegten sich nicht, sie schienen still zu liegen.

Der Steuermann erklärte dem Jungen, daß aus den Stämmen das Holz gemacht wird, mit dem man Häuser baut.

»Lutetia Parisiorum wächst und wächst«, sagte er und schüttelte den Kopf.

Jetzt drehte sich der Gefährte um und zeigte nach vorne, der Fluß wurde auf einmal ungeheuer breit und schien sich um eine Insel in der Mitte in zwei Läufe zu teilen. An beiden Ufern war der Wald zurückgewichen, ebenso auf den Inseln.

Der Junge ohne Namen stellte fest, daß über dem waldlosen Gebiet kein Vogel flog.

Der Steuermann sagte, daß sie nun bald in Lutetia sein würden. Er fügte hinzu, daß da das Ziel ihrer Reise sei.

Der Junge holte tief Luft. Dann dauerte es nicht mehr lange, und er würde seinen Onkel treffen. Aber er hatte kein Geschenk für ihn. Er hatte die Federn des Kranichs, aber die sollte er nicht bekommen.

Auf der andern Flußseite tauchte im Morgenschatten ein schmales, spitzes Schiff auf, es schien zwei Reihen von Riemen übereinander zu haben. Das Segel war nicht gehißt, aber soweit man sehen konnte, war es blau. Das Schiff kam mit gewaltiger Geschwindigkeit daher, vom Ruderheck, mittschiffs und am Vorsteven blitzte und glänzte es im Sonnenlicht. Die Männer in den Schiffen mit den Stämmen standen auf und starrten neugierig, die größeren, flußabwärts fahrenden Boote machten Platz.

»Das Schiff des römischen Präfekten«, sagte der Steuermann und erklärte, was das bedeute.

Der Junge nickte, ohne etwas zu verstehen.

»Du willst nichts verstehen«, sagte der Steuermann und lachte.

Die Ruderknechte redeten viel über den Jungen, er merkte das, und in ihrer Fröhlichkeit riefen sie dem Steuermann zu, er möge den Jungen darum bitten, Wind aufkommen zu lassen, damit sie nicht zu rudern brauchten und auf dem letzten Teil der Reise in den Zähnen stochern und sich die Haare kämmen konnten.

Der Steuermann gab es an den Jungen weiter, aber er äußerte sich nicht.

Jetzt fingen die Ruderknechte an, ihn zu necken, auf gutmütige Weise, aber er hörte nicht hin. Er schaute hinüber zum Ufer, wo Männer damit beschäftigt waren, Reusen einzuziehen und die Aale und Barsche in große Körbe zu leeren, die Aale in die einen, die Barsche in die andern.

Da ertönte ein Ruf vom Vorsteven, die Ruderknechte drehten die Köpfe, daß sie sich beinahe die Hälse verrenkten. Da vorne konnte man Rauchsäule neben Rauchsäule sehen, über den Inseln lag eine richtige blaue Rauchwolke. Jetzt, nachdem der Wind abgeflaut war, roch man den Rauch.

Der Junge ohne Namen dachte daran, daß er nun bald dem Onkel begegnen würde, während mehr und mehr von dem, was sie Lutetia nannten, auftauchte. Zuerst schien es, als würde da vorne ein umgestürzter Baumstamm liegen. Dann wurde es breiter und größer, bis man schließlich etwas unterscheiden konnte, das aussah wie Häuser. Das war, was der Steuermann eine Stadt nannte. Viele Häuser, aus denen es stark rauchte und wo die Wälder verschwanden.

17

Je mehr sie sich Lutetia näherten, desto öfter mußten die Ruderknechte die Riemen ruhen lassen. Boote fuhren quer über den Strom, Schiffe legten vom Ufer ab und wendeten, breite Floße mit Segeln glitten den Fluß entlang und drehten sich plötzlich, wenn sie von starken Wirbeln erfaßt wurden. In der Ferne spannte sich etwas – der Steuermann nannte es Brücke – von dem einen Ufer zur Insel und von der Insel zum anderen Ufer. Über die Brücke liefen viele Männer und Frauen, einige ritten, wie es der Steuermann genannt hatte, auf einem Esel oder Pferd. Es gab auch ein merkwürdiges Ding, es war weder Tier noch Mensch, es bestand aus Holz, hatte runde Dinger unter sich, die sich drehten, und wurde von Ochsen oder Pferden gezogen. Der Steuermann nannte das Karren, konnte es aber nicht in die Sprache der Baummarder übersetzen.

Sie ruderten unter der Brücke durch, und der Junge ohne Namen wandte die Augen ab. Er wollte nicht hinaufschauen, um sich nicht von einem, der vielleicht da oben ging und heruntergucktе, in die Augen sehen zu lassen.

Zwischen den Häusern aus Holz, die fast alle von einem hohen Zaun aus Pfählen umgeben waren, standen Häuser aus weißem Stein, die das Licht der Sonne zurückwarfen. Menschen traten heraus. Sie waren in weiße, rote oder blaue Gewänder gehüllt und sahen sehr groß aus, sogar die Frauen waren sehr groß.

An einer Stelle war zwischen den Häusern ein offener Platz, hier stand ein ganz weißes Gebäude, sehr groß, und hier gingen ständig Menschen aus und ein. Wenn sie hineingingen, hatten sie Eier oder diese großen Fladen, die sie Brot nannten, in den Händen oder in Körben, einer kam sogar mit einem buntgefiederten Vogel. Er saß auf seiner Schulter, als er hineinging, aber war weg, als er herauskam.

Das sei der Tempel für die Gottheit, erklärte der Steuermann. Der Junge ohne Namen verstand nicht, was die Gottheit war, aber wenn das, was Gottheit hieß, etwas Bedeutendes war, erschien es ihm unbegreiflich, daß die Leute in der Stadt die Gottheit in ein Haus sperrten, statt sie oder ihn im Freien herumlaufen zu lassen.

Das Schiff legte an einem Holzgerüst an, das der Steuermann Mole nannte. Es wurde mit Seilen an dicke Pfosten gebunden, und sofort eilten Männer in braunen Gewändern herbei, aber sie hatten keine Lederlappen an den Füßen, sondern waren barfuß und sprachen mit dem Gefährten und dem Steuermann.

Die Ruderknechte klopften sich gegenseitig auf die Schultern und lachten viel.

Jetzt wurde ein Brett am Schiff befestigt, damit die Fellballen an Land geschoben und die Fässer mit Tran an Land gerollt werden konnten. Bis zum Abend mußte die gesamte Fracht hinter einem Zaun aus hohen Pfählen aufgestapelt sein. Große Hunde kläfften hinter dem Zaun. Zwischen den Pfählen sah man ihre roten Zungen und Rachen, und an manchen Stellen hatten sie Stücke aus den Pfählen gebissen, um auszubrechen.

Der Junge saß auf seinem Platz auf dem Achterdeck und bemühte sich, an gar nichts zu denken.

Im Laufe des Tages zogen von dort, wo die Sonne untergeht, dunkle Wolken am Himmel auf. Der Steuermann bemerkte sie und trieb die Ruderknechte zur Eile an, damit die Fracht hinter dem Zaun war, ehe es zu regnen anfing. Aber die Ruderknechte schienen jetzt, nachdem sie Lutetia erreicht hatten, nicht mehr auf ihn zu hören. Leute kamen daher mit bauchigen Krügen, aus denen sie tranken, und nur ein Stück entfernt lag ein Haus, aus dem Frauen kamen. Die Ruderknechte riefen nach ihnen, einige gingen hin und sprachen mit ihnen, und die Frauen zogen die Ruderknechte hinein in das Haus. Dabei lachten sie, und die Ruderknechte, die nicht mitgingen, lachten auch.

Später kamen die, die von den Frauen in das Haus gezogen worden waren, grinsend zurück und machten merkwürdige Bewegungen mit den Händen, um den andern zu zeigen, was sie erlebt hatten. Da gingen wieder ein paar Ruderknechte hin und ließen sich von anderen Frauen hineinziehen. Unter den Frauen, die draußen standen und schwatzten, war auch ein ganz junges Mädchen. Sie war völlig schwarz, oder fast schwarz, jedenfalls das, was man von ihr sah. Sie war in ein gelbes, glänzendes Kleid gehüllt, und ihr Körper war durch den Stoff erkennbar. Sein Vater hatte ihm nie davon erzählt, daß es schwarze Menschen gab. Vielleicht konnten nur die Frauen schwarz werden.

Der Junge ohne Namen hatte noch nie so viele Frauen gesehen. Es waren ihm fast zu viele. Die Bauerntochter kam ihm in den Sinn, er wollte nicht an sie denken, wurde aber unruhig beim Anblick so vieler Frauen auf einmal. Vor nur einem Haus.

Es hatte zu regnen begonnen, ziemlich stark, aber es gab keine Bäume, die Schutz boten. Die Fellballen hatte man inzwischen unter einem Dach, das auf Pfosten ruhte, verstaut. Darunter waren Löcher in der Erde, in denen Felle und Häute in einem Wasser lagen, das nach menschlichen Ausscheidungen roch. Von dem Geruch wurde dem Jungen ohne Namen beinahe übel.

Jetzt warteten die Ruderknechte vor einem Haus, das hinter dem Zaun lag. Der Steuermann trat heraus, begleitet von einem sehr dürren Männchen in weißem Gewand, das bis zu den bleichen, dürren Fußknöcheln reichte. Er hatte eine Kiste unter dem Arm, die er öffnete. Ein Ruderknecht nach dem andern bekam nun kleine, runde Stücke ausgehändigt. Der Steuermann erklärte dem Jungen ohne Namen, daß es Geld sei und daß man es benützen könne, um sich dafür etwas zu kaufen.

Der Junge sah dem Steuermann an, daß das schwierig zu erklären war, und er verstand es auch nicht.

Sie bekamen alle gleich viel, und als letztes warf das dürre Männchen in dem weißen Gewand eine Münze in die Luft und sagte etwas, das wie *fortuna* klang, und der Steuermann erklärte, daß es Glück bedeute.

Alle Ruderknechte stürzten los, um das kleine Geldstück, das in den Dreck gefallen war, zu finden.

Die Wachhunde, die mit langen Seilen an Pfosten festgebunden waren, tobten und heulten beim Anblick des wilden Menschenknäuels am Boden.

Schließlich hatte einer das Geldstück gefunden, und alle erhoben sich und lachten, von oben bis unten voller Dreck. Einige hatten beim Suchen ihre eigenen Geldstücke verloren und mußten sie wiederfinden, aber zuletzt war alles in Ordnung, und unter lautem Geschrei hin zum Steuermann und seinem Gefährten verließen sie den Ort. Einige gingen nur bis zu dem Haus mit den vielen Frauen, andere weiter hinein in die Stadt.

Der Steuermann verabschiedete sich nun von dem Männchen in dem weißen Gewand und von dem Gefährten, den er herzlich umarmte, rief nach dem Jungen, und Seite an Seite gingen sie nun in die Stadt hinein. Der Steuermann trug ein großes Bündel über der Schulter. Die Klumpen, die ihm der Junge geschenkt hatte, waren in dem Haus verwahrt worden, und der Junge hatte an dem

Blick, den ihm das Männchen im weißen Gewand zugeworfen hatte, gemerkt, daß dieser die Klumpen gesehen und darüber gesprochen hatte.

Lange gingen sie auf breiten Pfaden, die der Steuermann Straßen nannte, die Häuser entlang. Sie bestanden nicht aus Erde oder Gras, sondern waren mit Holzplanken oder Steinen in einfachen Mustern belegt. Es waren viele Menschen unterwegs, die meisten davon waren weiß, aber es gab auch braune Menschen und einzelne schwarze, wie das Mädchen in dem gelben Kleid, und diesmal waren es Männer, demnach konnten auch Männer schwarz sein.

Karren kamen angerollt, und Reiter, die quer oder seitlich saßen, drängten vorbei. Es gab auch Leute, die sich von Männern mit Stangen in den Händen tragen ließen.

Hinter den Straßen stieg an einer bestimmten Stelle Rauch auf, der durch den Regen niedergedrückt wurde, und der Junge ohne Namen bekam einen Geruch in die Nase, den er vor dem Dorf am Fjord gerochen hatte. Als sie näherkamen, hörte er Hammerschläge, und durch einen Zaun sah er eine rotglühende Feuerstelle.

Sie kamen aber nicht ganz heran, der Platz lag in einem Teil der Stadt, wo der Rauch am besten abzog, in jener Richtung, wo die Sonne im Mittsommer aufging.

»Du darfst nicht erwarten, daß der Bruder deines Vaters zu Hause ist«, sagte der Steuermann. »Er hat eine längere Reise unternommen. Aber jetzt sind wir bald bei seinem Haus, und seine Frau wird dich freundlich aufnehmen.«

Das Haus lag hinter einem Zaun. Drinnen wuchsen vereinzelt Bäume, an denen Früchte hingen, einige glichen Äpfeln, waren aber viel größer, einige sahen aus wie Schlehen, waren aber auch viel größer.

Der Junge ohne Namen spürte, wie sein Herz bei dem Gedanken, daß der Onkel nicht zu Hause sein konnte, unruhig zu klopfen begann.

»Kann ich nicht dorthin reisen, wo er ist?« fragte er den Steuermann.

Der Steuermann lachte und schüttelte den Kopf.

»Niemand weiß, wo er sich aufhält, niemand kann dir sagen, wo du ihn findest, er ist irgendwo an den äußersten Grenzen, wo die Welt nur aus Sand besteht. Du müßtest sterben, wenn du allein dorthin reisen würdest.«

Sie standen vor dem Tor. Es gab eine kleine Luke, die man öffnen konnte. Durch die rief der Steuermann hinein. Wahrscheinlich seinen Namen, sein Anliegen.

Drinnen fiel etwas zu Boden, ein Klirren, dann ein Knirschen.

Hastige Schritte wurden hörbar. Auf Holz, wie es schien.

18

Die Tür öffnete sich. In der dunklen Öffnung erschien ein kleiner, kahlköpfiger Mann mit einem runden Bauch, um den das Hemd spannte.

Der Steuermann sagte etwas zu ihm, und der kleine, kahlköpfige Mann blickte lächelnd den Steuermann an und dann den Jungen ohne Namen, dem einfiel, daß er kein Geschenk bei sich hatte.

Der kleine, kahlköpfige Mann streckte dem Jungen ohne Namen die Hand hin, aber er nahm sie nicht. Da schaute der kleine, kahlköpfige Mann den Jungen an, deutete mit seiner zweiten Hand auf die ausgestreckte Hand und schüttelte lächelnd den Kopf. Der Junge rührte sich nicht. Da zuckte der kleine, kahlköpfige Mann die Schultern und warf dem Steuermann einen fragenden Blick zu, der nun etwas in einer Sprache sagte, die nicht die Sprache der Baummarder war und auch nicht die Sprache des Gefährten und der Ruderknechte.

Ein Gang, der nicht aus Holz, sondern aus Stein war, führte in das Haus hinein und endete an einer Tür. Dort stand eine junge Frau und wartete auf sie. Sie trug ein weißes Gewand, und über ihren Kopf hatte sie ein rotes Tuch gebreitet. Ihre Augen waren fast völlig im Dunklen, aber er sah trotzdem, wie sie leuchteten, als sie ihn anblickte. Sie steckte die Hände in ihr Gewand und kratzte sich ein bißchen, ganz langsam. So hatte er das noch nie gesehen.

Sie rief etwas in der Sprache, in der die beiden Männer miteinander redeten, und der kleine, kahlköpfige Mann wandte sich ihr zu und deutete auf den Jungen ohne Namen. Sie deutete ebenfalls auf ihn, und der Kahlkopf sagte ja. Sie stieß einen lauten und überraschten Schrei aus und lief mit raschen Schritten durch den Gang auf ihn zu. Sie betrachtete den Jungen aufmerksam und freundlich, biß sich in die Lippen und lächelte die ganze Zeit und musterte ihn dabei von Kopf bis Fuß.

Dann faßte sie ihn an der Hand, und er wagte es nicht, sich ihr zu entziehen. Sie sagte etwas, das »komm« zu heißen schien. Er folgte ihr durch den Gang und durch ein Haus und hinaus auf einen Hof, in dem ein großer Baum wuchs, und darunter standen große Körbe mit Kräutern. Sie sprach ununterbrochen, und sie lächelte. In ihm regte sich Widerstand, sie spürte das offenbar, denn sie nahm ihn fester bei der Hand, sie wollte nicht loslassen, das merkte er, und er empfand es als ganz angenehm, obwohl er das nicht wollte.

Es war sehr still in dem Haus. Hinter einer Tür hörte man eine leise Frauenstimme, aber eine andere Tür stand offen. Dampf quoll heraus, ein kräftiges Feuer brannte, und als sie vorbeigingen, streckte ein Weib den Kopf heraus und sagte etwas in der Sprache, die hier üblich zu sein schien.

Kinder waren keine im Haus, soviel war ihm klar, und trotzdem hatte er das sichere Gefühl, daß es die Frau seines Onkels war, die ihn führte.

Offenbar spürte sie seine Gedanken durch die Hand, denn sie blieb stehen, deutete auf sich und dann irgendwohin in die Luft, dann auf ihn und endlich sehr nachdrücklich wieder auf sich. Danach lachte sie laut auf und strich ihm, ganz schnell, über die Wange.

Sie öffnete die Tür, und sie kamen in einen Raum, in dem Feuer war, nicht viel, nur einige Holzscheite brannten und glühten auf der Feuerstelle, und der Rauch zog durch ein Loch in der Decke ab.

Hier lud sie ihn ein, sich auf eine Bank in der Nähe des Feuers zu setzen, danach deutete sie auf den ganzen Raum und verließ ihn, aber ohne die Tür hinter sich zu schließen.

Er hatte nichts gegen sie, das mußte er zugeben.

Er schaute sich in dem Raum um und sah, daß in der Ecke bei der Tür Bündel und Packen lagen. Sie waren nicht ausgepackt, vermutlich war der Onkel von seiner langen Reise nach dem Sandland zurückgekehrt.

Seine Frau war sehr jung, fand er, sie duftete nach Veilchen, sie hatte sich wohl mit irgend etwas eingerieben.

Der Onkel mußte heimgekommen sein, daran bestand

für ihn kein Zweifel mehr. Sie war hinausgegangen, um ihm mitzuteilen, daß der Sohn seines Bruders gekommen war. Der Onkel würde nicht begeistert sein, das zu hören, so, wie er ihn am Fjord kennengelernt hatte, und sie würde gar nicht verstehen, was er gegen ihn hatte. Vielleicht. Vielleicht hatte der Onkel von ihm erzählt, und sie wußte alles und hatte ihn mit der Art, wie sie ihn empfing, nur hereinlocken wollen. Aber eigentlich glaubte der Junge nicht, daß es so war.

Wenn ihr der Onkel von ihm, seinem Brudersohn, erzählt hätte, davon, wie er sich benahm, hätte sie laut gelacht und gesagt: »So muß ein Brudersohn mit einem Onkel umgehen, von dem er nur Schlimmes gehört hat.«

Das würde sie sagen.

Der Steuermann hatte nie etwas über den Onkel erzählt.

Er hatte nur dessen Namen und Ansehen erwähnt, aber nicht, wie er war, ob er freundlich war oder nicht. Der Junge hatte sich immer wieder gewünscht, der Steuermann würde etwas erzählen, aber gleichzeitig wollte er an dem festhalten, was sein Vater ihm erzählt hatte. Nur die Mutter durfte etwas gegen den Vater sagen, das hatte er gelernt, und so mußte es sein. Die Meinung des Vaters und die Meinung der Mutter, aber sonst keine. Besonders, wenn die Großeltern nicht mehr da waren.

Draußen auf dem Gang ertönten Stimmen, aber es waren der Steuermann und die Frau des Onkels – falls sie es war –, die sich unterhielten. Sie sprachen über ihn, aber sie lachten nicht. Die Ehefrau – falls sie es war – sprach sehr ernst und leidenschaftlich.

Als sie hereinkam, lächelte ihm der Steuermann zu und wies mit der Hand auf die Frau des Onkels, der Junge konnte die Hoffnung nicht aufgeben, daß sie es war, und sagte: »Die Frau des Bruders deines Vaters heißt dich im Hause willkommen. Dein Onkel ist von seiner weiten Reise nach dem Sandland zurückgekehrt. Er wird bald heimkommen.«

Jetzt setzte sich die Frau des Onkels neben ihn, nahm seine beiden Hände in die ihren. »Salve maltum mi amice«, sagte sie und sah ihn lange an. Sie ließ ihren Blick über sein Gesicht schweifen, dann fuhr sie ihm mit einer Hand über das Haar, rutschte ein wenig weg von ihm und deutete auf sich und sagte: »Emilia.«

Seine Zunge war trocken bis hinten zum Hals. Er brachte kein Wort heraus, und es war nicht die Zeit, um zu weinen.

Da fing die Frau seines Onkels zu lachen an, das war offensichtlich eine Gewohnheit von ihr, die gleiche, die seine Mutter hatte.

Der Steuermann redete mit der Frau des Onkels. Sie erhob sich mehrere Male und ging auf den Gang hinaus, vermutlich, um sich nach der Ankunft des Onkels zu erkundigen, aber das zog sich hin. Seine Geschäfte nahmen wahrscheinlich mehr Zeit in Anspruch, als sie gedacht hatten.

Der Junge ohne Namen wußte nicht, wo er hinschauen sollte. Er begegnete kurz dem freundlichen Blick des Steuermanns, überhörte aber alle seine Bemerkungen, seine Übersetzungen dessen, was die Frau des Onkels sagte, bis er plötzlich in der Ferne eine Stimme vernahm, zusammenzuckte und ausrief: »Jetzt.«

Er hatte die Hand zur Faust geballt und war halb aufgesprungen. Die Frau des Onkels lief sogleich hinaus, und auf dem Gang ertönte eine dunkle Männerstimme und dann die hohe, fröhliche Stimme der Frau.

Die Stimmen näherten sich. Sie sprachen von ihm.

Plötzlich stand der Onkel in der Tür.

Der Junge ohne Namen erhob sich und trat einen Schritt vor. Der Onkel lächelte, als er ihn ansah, und dann sagte er: »Da haben wir ihn also doch, den Brudersohn.«

Der Junge ohne Namen sagte: »Mein Vater ist tot, meine Mutter ist tot, und meine Schwester ist tot. Ich habe keinen Namen, obwohl ich die drei roten Federn des Kranichs geholt habe. Gib mir einen Namen. Niemand kann leben ohne einen Namen.«

Der Onkel betrachtete ihn und sagte: »Als ich dich zum erstenmal sah, dachte ich mir, daß du dem Vater deines Vaters, der sehr lange lebte, ähnlich siehst. An ihn dachte ich, an ihn denke ich jetzt auch. Auf seinen Namen sollst du hören, das ist das Beste für dich. Argair nannten ihn alle. So sollst auch du heißen. Das ist ein altes Wort. Dein Vater meinte, es bedeute das Auge, in dem die Welt tanzt. Deine Großmutter sagte, es bedeute: der schlafende Junge.«

Der Junge ohne Namen spürte, wie der Name in ihn hineinschlüpfte und alles umfaßte, was er war. Das war fast zu viel, er war er selbst geworden.

Argair hieß er.

Die Aale würden sehr freundlich zu ihm sein. Das spürte er. Er würde sehr glücklich werden.

Der Steuermann lächelte ihn an, weil er so dreinblickte, das merkte er.

Die Frau des Onkels, Emilia, wie sie sich nannte, hatte ihren ernsten, forschenden Blick.

»Ich bringe dir kein Geschenk, Onkel«, sagte der Junge, der nun Argair hieß.

Der Onkel ging hin zu ihm, umarmte ihn und spürte seine Kälte.

»Jetzt bleibst du eine Zeitlang hier bei uns«, sagte er. Er

redete in der Baummardersprache. »Jetzt mußt du uns alles berichten, alles, was du weißt, über deinen Vater, deine Mutter und deine Schwester, alles, was du seit dem letzten Mal erlebt hast.«

Der Junge Argair schüttelte den Kopf und sagte: »Ich muß heim, heim, ehe der Winter kommt.«

JÜT
NORDSEE
LIMFJORD
BRITANNIEN
GA

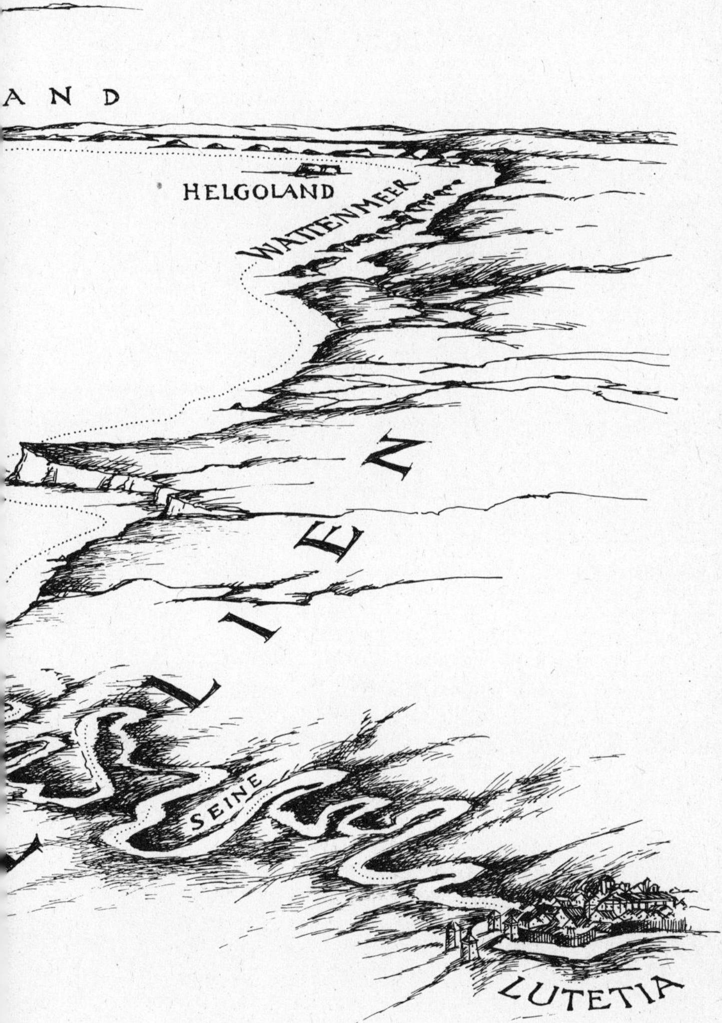

REISEWEG